GEHEIME DAME

MENSJE VAN KEULEN

Geheime dame

Uitgeverij Atlas – Amsterdam/Antwerpen

Eerste druk, september 1992
Tweede druk, oktober 1992

Uitgeverij Atlas maakt deel uit van Uitgeverij Contact

Omslagontwerp: Marjo Starink
Omslagfoto: Mensje van Keulen
Foto auteur: Roel Hazewindus
Typografie: John van Wijngaarden

CIP-GEGEVENS KONINKLIJKE BIBLIOTHEEK, DEN HAAG

Keulen, Mensje van

Geheime Dame / Mensje van Keulen. - Amsterdam [etc.]:
Atlas. - Ill.
ISBN 90-254-0095-7
NUGI 321
Trefw.: Hart, Maarten 't; biografieën.

' They can romanticize us so, mirrors, and that is their se-
cret: what a subtle torture it would be to destroy all the
mirrors in the world: where then could we look for reas-
surance of our identities?'

Other voices, other rooms
TRUMAN CAPOTE

Inhoud

Blond bezoek

In de veronderstelling dat er voor mijn zoon is aangebeld, doe ik open. Maar in plaats van een kind komt er een forse gestalte de trap op. Het is een vrouw, een blonde reuzin in een knalrood colbert. Ik schrik wanneer ze haar gezicht naar me opheft. De ogen zijn zwart omlijnd, donkere wenkbrauwbogen zijn dwars door de eigen wenkbrauwen getekend en de lippen, rood als het jasje, zijn over de lijnen heen geverfd. Maar niets, ook de pruik en de pancake niet, kan dit gezicht uit duizenden werkelijk verhullen.

'God, Maarten...'

'Ja, ik ben het.'

Ik schrik niet alleen, maar voel ook dat ik bloos. Hij merkt het niet, zijn aandacht is al gevangen door de manshoge spiegel in de hal en de beeltenis van de vrouw in haar rode jasje.

'Wat een verrassing,' zeg ik.

'Ja hè?'

Hij schikt wat aan zijn stugge, asblonde lokken en ik zie de lange, doffe plaknagels. Waarom heeft hij ze niet gelakt? De grauwe bleekheid ervan maakt dat zijn handen op die van een dode lijken.

'Waar kom je vandaan?'

'Van het Barbizon. Ik had daar nog twee dagen en nachten verblijf te goed vanwege mijn aandeel in die literaire lunch, en omdat ik morgen op de uitgeverij moet zijn...' Hij draait een kwartslag en kijkt over zijn schouder naar de zwarte pumps en de zwarte, in plooien vallende rok in de spiegel.

'Zie ik er goed uit?'

Het schiet me te binnen hoe er vroeger soms een tante of een buurvrouw kon staan ronddraaien, terwijl ze haar heupen streelde en vroeg of de onverwacht voordelige, of ongewoon dure jurk haar niet goed stond.

'Een gewaagd jasje,' zeg ik.

'Ja, gewaagd hè? Echt suède.' Hij draait rond en ziet mijn zoon in de kamer.

Ik zeg: 'Aldo, kijk eens wie er is!'

De vrouw schrijdt de kamer binnen en het kind zegt: 'Hallo oma.'

Ik schiet in de lach en opnieuw stijgt het bloed naar mijn wangen. Maarten laat een schamper lachje horen en zegt: 'Zie je niet dat ik het ben?'

'Natuurlijk wel,' zegt Aldo vrolijk. 'Het komt door die rok.'

Ik pak de afstandsbediening, schakel in op pagina 758 van teletekst en zeg verontschuldigend dat ik zo dadelijk naar Schiphol moet.

'Waarvoor?' zegt Maarten.

Ik zie dat het toestel uit Dublin negen minuten eerder verwacht wordt en zeg: 'Roel en Philip halen. Ik moet meteen weg. Wil je wat drinken en op me wachten? Of wil je mee?'

'Roel en Philip, o, maar dan wil ik wel mee.'

Wanneer we naar de auto lopen, naderen een paar opgeschoten jongens. Ik houd mijn adem in, maar de jongens gaan zonder op of om te zien voorbij.

'Ik heb de hele weg naar jou toe opgelet,' zegt hij, 'maar het is of niemand het ziet.'

'Hoe ben je hier dan gekomen?'

'Lopend.'

'Lópend?'

'Het is toch niet zo ver...'

'Op zulke hakken is het wèl ver. Heb je geen last van je voeten?'

'Pijn hoort erbij.'

'Waarbij?'

'Vrouwen lijden toch graag een beetje pijn.'

'Hoe kom je daar nou bij?'

'Ik vind het in ieder geval niet erg, ik vind het zelfs prettig.'

'Dwaas,' zeg ik. 'Schuif je stoel wat naar achter, door die hakken zijn je benen nog langer.'

Zolang ik niet meer van hem zie dan de zedig over zijn knieën hangende rok, en zijn eigenaardige, maar vertrouwde stem hoor, is het niet moeilijk met hem te praten. Maar zie ik zijn hoofd, de overdadig aangebrachte make-up en vooral de mond die eruitziet of hij onstuimig heeft gezoend, dan geloof ik niet dat hij dit zelf serieus neemt en krijg een gevoel dat het midden houdt tussen lust om te lachen en verlegenheid.

'Ben je van plan het deze twee dagen vol te houden, of liever "aan" te houden?'

'Nee, als ik morgen naar de uitgeverij ga, ga ik gewoon als man. Ik ga *Onder de korenmaat* inleveren.'

'Daar zullen ze blij mee zijn. Kassa.'

'Ja, kunnen ze weer wat aan het pand verbouwen.'

De aanleiding tot het schrijven van het boek was een hopeloze liefde. In het verhaal loopt een derderangs componist een blauwtje bij een jonge dierenarts, maar de werkelijkheid lag er niet ver naast.

De vijftien jaar jongere dierenarts volgde zijn werk, en dat niet alleen, ze volgde ook hem, zocht hem op, sprak hem aan. Ik zag haar toen we in een boekhandel signeerden. Ze kwam recht op hem af en als gestoken stond hij op, met een hulpeloze, hondachtig afhankelijke blik. Verliefd, verloren, weg van de wereld.

Ze was geen direct opvallend meisje, maar ze bezat iets 'fris'. Haar blosjes, haar glimlach: het leek er even op of ze het net zo te pakken had als de arme, oudere schrijver. Maar haar verlegenheid uitte zich tamelijk elegant en tussen de glimlachjes door lag er een koele, hooghartige uitdrukking op haar gezicht.

'Een schooljuffrouw,' zei ik, toen hij vroeg wat ik van haar vond. 'En geen manieren. Hoewel jij haar ook had kunnen voorstellen.'

'Voorstellen...'

Dit is iets wat hij vaak doet en wat mij opvalt, misschien omdat ik er zelf wel eens toe neig: naar je luisteren en het laatste woord dat je zegt herhalen.

Maar na de confrontatie met de juffrouw was hij de verdere middag nogal stilletjes. Hij kirde zelfs niet één keer: 'Wat een mooi meisje, o, wat een *mooi* meisje,' zoals hij dat al snel doet wanneer een meisje zijn blikveld kruist.

In trance zei hij: 'Ze wilde een boek dat niet meer te koop is. Ik heb beloofd dat ik het haar toestuur.'

En nu, anderhalf jaar later, heeft hij haar een doorslag van het manuscript waarin ze zelf een rol speelt, gestuurd.

Ik zeg: 'Heeft de dierenarts al iets over het boek laten horen?'

'Ze vindt het vreselijk. Ze is bang dat ze herkend wordt en wil dat ik een ander iemand van haar maak. Maar wat dan? Een computerdeskundige? Een zakenvrouw?'

'Een schooljuffrouw?'

'Ja ja...! Ik heb nog gedacht aan een tandarts, maar nee, dat moest ik ook laten schieten... Er komen scènes over dieren in voor, die ik er dan allemaal uit had moeten halen.'

'Castraties zeker. Arme beesten.'

'Erger, ze snijdt hele penissen af in de praktijk.'

'Is dat soms wat je van haar had gewild?'

Hij lacht geschokt. 'O! O! Hoe kun je dat zeggen...? Dat ik een rok draag, betekent nog niet dat ik dáárvan af wil! Ik kijk wel uit.'

'Je hebt je anders wel erg lang aan het lijntje laten houden.'

'Maar zij doet ook zo onzeker. Het gekke is, en dat weet je toch, dat ik elke keer dacht: het is niks. Niet alleen omdat ze van popmuziek houdt of een spijkerbroek of een haarband draagt, maar omdat ze van die vreselijke dingen zegt en omdat ik niet met haar kan lachen.'

'Wat ze met een ander misschien wel kan. God, al die lastige verhoudingen, al die pijnlijke toestanden altijd.'

Voor de zoveelste keer zeg ik hem dat hij met Hanneke getrouwd is en dat Hanneke aardig, maar dan ook ècht aardig is. Hij beaamt dat elke keer, hij weet het maar al te goed, hij wil haar geen pijn doen, enzovoort. En dan volgt een onverbeterlijk 'maar'...

'Maar als ik de dierenarts weer zie, als ik in haar buurt ben... Dan weet ik weer, dan vind ik haar zo prachtig...'

'Een uitputtend ongemak, maar een onuitputtelijk thema. Je hebt het vast zo lang volgehouden om erover te kunnen schrijven.'

'Het was niet de bedoeling, ik was immers met een ander boek bezig. Ze kwam ertussendoor.'

'Je wou toch wraak nemen om de manier waarop ze je behandelde?'

'Ja,' zegt hij met een zucht. 'Nog niet zo lang terug was ze met me mee naar een lezing in België. Ze gedroeg zich daar, in het gezelschap, heel charmant. Maar zodra we in het hotel waren, ging ze meteen naar bed, zei niets meer, draaide zich om en ging slapen.'

'Terwijl jij toekeek.'

'Toekeek… Toen voelde ik me er helemaal in gesterkt dat boek te publiceren.'

'Je had haar in het verhaal beter om zeep kunnen brengen.'

'Het arme meisje!'

'Zeg dat wel. Omgaan met een schrijver als jij, ze had kunnen weten wat haar boven het hoofd hing.'

'Ik heb haar in het begin al gewaarschuwd.'

Ik parkeer zo dicht mogelijk bij de aankomsthal, maar hij wil niet mee naar binnen.

'In zo'n hal vol mensen, dat durf ik niet hoor.'

'Weet je het zeker?'

'Absoluut, ik blijf hier.'

Het toestel is net geland. Ik drentel heen en weer tussen de uitgang, de glazen wand en de roltrap, maar wanneer er na tien minuten nog geen passagier of bagage uit Dublin te zien valt, snel ik naar buiten.

Mijn kleine auto lijkt door het hoofd met het uitstaande kapsel, nauwelijks passend binnen het kader van het zijraampje, nog kleiner. Bij de lege taxistandplaats aan de overkant staat een man te grijnzen. Ik steek zo over dat hij niet langer naar mijn passagier kan kijken. Het gaat hem niets aan, niemand gaat het iets aan.

En zijn verschijnen op het boekenbal dan? Hij had de kranten en de televisie gehaald, poserend in een lange, zwarte, nauwsluitende jurk met glinsterende pailletten. Ik dacht dat het een grap was, dat hij een oude neiging van stal had gehaald om het literaire wereldje, dat hem clichés en oubolligheid verweet, te stangen.

En zijn optreden bij Rur? Hij had me gevraagd bij de opnamen aanwezig te zijn, om hem te steunen. Maar hij had net zo min steun nodig als een kuiken onder een broedlamp. Beheerst zat hij tussen de twee andere gasten. Aan zijn linkerzijde een politica, naast wie hij deemoedig overkwam. Aan zijn rechterzijde Hellun Zelluf. Deze *gay queen*, kaalgeschoren, op een dunne haarstreng na die stijf als een angel op zijn hoofd prijkte, en gekleed in netkousen en een topje met opstaande kraag à la Disney's Sneeuwwitje, vormde een schril contrast met de damespruik en het strenge Frank Goverspakje naast hem. Maarten leek dit niet te hinderen. Hij bleef kalm, kalmer dan normaal, maar ook minder alert, alsof hij zich tegelijk met de kleding een ander karakter had aangemeten.

Ik doe het portier open, zeg dat het nog maar even zal duren en vraag of hij toch niet liever mee naar binnen wil.

'Nee hoor. Er is genoeg te zien, ik vind het hier wel gezellig.'

'Goed dat jullie alleen handbagage hebben,' zeg ik tegen de twee mannen. 'Want ik heb nog een vrachtje in de auto.'

Naarmate ze dichter bij de auto komen, kijken ze steeds nieuwsgieriger naar de blondine voorin.

'Dat is Harriët toch niet?' zegt de een.

'Nee,' zegt de ander, 'ik geloof niet dat we haar kennen.'

'Ik weet niet waarom, maar ze doet me denken aan zo'n stewardess die invalt.'

'Een stand-by.'

De blondine stapt uit, koket het hoofd wat schuin houdend en zegt: 'Dag Roel, dag Philip.'

De mannen trekken een gezicht zoals je niet gauw ziet bij iemand die zelf bekeken wordt, maar even snel ook is de verwarring weer onder controle. En als we thuiskomen en Maarten van ze wil weten of zijn rok goed valt, doen ze een stap achteruit, werpen een keurende blik en zeggen: 'Ja, die valt goed.'

Maarten houdt zijn jasje wijd open.

'En wat vind je hiervan? Voel maar eens…'

Voorzichtig knijpen ze elk in een borst.

'Allemachtig,' zegt de een, 'net echt.'

'Verdorie,' zegt de ander, 'wat zit dáárin?'

'Een prothese van siliconen, een dubbele prothese, want meestal is er maar één nodig.'

Ik snijd in de keuken een vers geïmporteerd Iers brood, een gerookte zalm, en een bleke, zachte kaas aan.

'Waar zal ik m'n tasje laten?' zegt Maarten in de deuropening. 'Of denk je dat het verstandiger is om het bij me te houden?'

'Hoe kan hier nou iemand je tasje pikken?'

'Een dame hoort goed op haar tasje te passen.'

Ik lach en noem hem weer eens een dwaas.

'Zal ik het dienblad naar binnen dragen?' zegt hij.

'Als je dat kunt met die nagels. Zou je ze trouwens niet willen lakken?'

'Ja, maar rood is zo opvallend.'

'Dit ook.'

Ik haal een flesje rode en een flesje witte parelmoerlak en zet ze voor hem neer.

'Wat zal ik doen?' Hij kijkt van mij naar de mannen.

Wat hij nu heeft ziet er niet uit, vinden ze. 'Doe maar wit.'

'Wit… Ja, want rood valt toch wel erg op.'

Tussen de mannen zit hij zijn nagels te lakken, mijn zoon ligt met zijn voeten op mijn schoot, ik draag een lange broek en lage schoenen: het is of er maar één vrouw in de kamer zit. Ik zie het damestasje bij zijn stoel staan. Het is veel te klein voor een slagersmes, maar een kort vleesmes zou er schuin inpassen. Ik besef direct waar het bedenksel vandaan komt: Hitchcocks *Psycho*, niet de eerste griezelfilm maar wel de eerste verontrustende film die ik in mijn jeugd zag. (Het mes. De moordenaar als vrouwengestalte achter het raam. Het mes. Het skelet van de moeder met het haarknotje dat naar de kijker toe draait. Het mes.) Maarten als Norman Bates? Een van de minzaamste mensen die ik ken? Het geeft geen pas.

'Wil je ook wat kaas, Maarten?'

'Ja, graag.'

Zijn hand schiet naar het dienblad en grist een met kaas belegd stuk brood weg. In twee happen is het op. Man of geen man, zijn gulzigheid is even groot. Ook zijn glas wijn, amper ingeschonken, is al leeg.

Om een uur of tien staat Roel op om Philip thuis te brengen. Maarten wil wel een lift naar het hotel. Als hij halverwege de trap is, vraag ik zijn kamernummer.

Ik verzamel de vaat. Aan een glas zit lippenstift.

Zodra Roel terug is, bel ik het Barbizon en vraag naar kamer tweehonderdnegen.

'De kamer geeft geen gehoor, mevrouw.'

'Je hebt hem toch wel bij het Barbizon afgezet?' vraag ik Roel.

'Voor de ingang.'

Ik bedenk dat hij waarschijnlijk in bad zit en probeer het een halfuur later opnieuw. Deze keer wordt de telefoon opgenomen.

'Ik heb een wandeling gemaakt,' zegt hij. 'Ik heb de Leidsestraat op en neer gelopen.'

'Waarom? Om klappen te krijgen?'

'Denk je dat dat kan gebeuren?'

'Jezus Maarten, er bestaan ook jongens die een optimist als jij graag even in mekaar meppen.'

'Maar het was al donker, dan val ik toch niet op, dacht ik... Dus ik loop dat risico?'

'Als dat is wat je graag wilt, moet je het vannacht beslist nog een keer wagen. Maar als je morgen nog leeft,' zeg ik, en ik stel voor waar ik nogal tegenop zie, 'zullen we dan door de PC Hooftstraat wandelen?'

Daar heeft hij oren naar en we maken een afspraak.

Als ik me voorstel hoe hij daar zit in die hotelkamer, met het vooruitzicht op nog zo'n dag en nacht alleen, zonder vrouw, zonder hondje, zonder geit, zonder piano, zonder tuin, zonder stilte en zonder zijn muziekverzameling, en dat in die dameskleren – het stemt niet vrolijk.

Maar misschien moet ik die gedaanteverwisseling zien als een sport, een hobby, een uitstapje, het genot van het dubbelleven. Hij heeft er klaarblijkelijk schik in. En wie weet, wie weet viert hij de hele nacht wel woest feest op die kamer.

De volgende ochtend belt hij op om te zeggen dat het winkelen niet door kan gaan. Hij heeft vannacht geen oog dichtgedaan door de herrie buiten, en hij heeft het benauwd gehad, omdat hij door die herrie geen raam open kon zetten. Het hotel is al opgezegd.

Maar de belangrijkste reden is Hanneke. Gisteravond heeft ze zijn manuscript gelezen.

'Ze klinkt erg mat,' zegt hij. 'Het is het beste dat ik naar huis ga. Maar ik wil wel heel graag gauw een keer met je winkelen.'

Rood en zwart

'Hoe laat denk je dat je hier bent?' vraagt hij.

'Tussen vier en vijf.'

'Zie je misschien kans eerst nog even langs die molenaar te rijden?'

Ik haal me de landweg die naar zijn huis voert voor de geest en zeg: 'Een molenaar? Waar is die molenaar dan?'

'Fràns Molenaar.'

En ik begrijp het al en herinner me de zaterdagmiddag in juni:

Hij zou als vrouw op een verjaardag verschijnen en wilde er vroeger zijn om zich te verkleden. Ik zette zijn tas met dameskleding in de achterbak en gaf hem een lift. In de Van Baerlestraat trok het verkeer langzaam van stoplicht naar stoplicht en in een opwelling sloeg ik af, de Jan Luykenstraat in, en stopte voor de winkel van Frans Molenaar.

'Dat is vast wat voor jou,' zei ik.

Hij liet zijn ogen over de kledingstukken in de etalage gaan en zag ineens de in een vuurrood rokje en blouson-achtig jakje gestoken pop bij de ingang.

'O, wat is dat mooi... Wat jammer dat ze al gesloten zijn...' Hij vergaapte zich aan de pop, zoals op een ouderwetse prent een arm kind voor een speelgoedwinkel staat te kijken. 'Goh, wat prachtig...'

'Weer rood en weer suède,' zei ik.

'Ik ben dol op leer en suède. Ik heb ook nog een leren rok en een leren broek en een leren jasje... Goh, wat is dit ontzettend mooi. Het ziet eruit of het mijn maat is.'

'Het lijkt me nogal smal.'

'Volgens mij is het maat tweeënveertig.'

'Het gaat om dat rode pakje dat we toen gezien hebben, weet je het nog?'

'Ik weet het nog.'

'Ik wou vragen of je kunt gaan kijken of het misschien in de uitverkoop is. Als dat zo is, mag je het zo voor me meenemen.'

'Je weet toch niet of het je maat is.'

'Jawel, dat heb ik al gevraagd.'

Even voor sluitingstijd loop ik bij Molenaar binnen. De pop in het rode pakje staat nog steeds als een suppoost achter de deur.

Frans Molenaar zit met zijn assistente achter in de zaak. Hij staat op en terwijl we elkaar een hand geven, zegt hij: 'We hebben elkaar toch al eens ontmoet?' En dan volgt over en weer: Was het niet daar en daar? Of was het dáár? Jazeker, dáár was het geweest.

'Die zijn niet meer bij elkaar hè? God nee, dat was een vreselijke toestand. Wat kan ik voor je doen?'

Ik zeg: 'Ik kom met een vraag, maar niet voor mezelf: wat kost dat rode pakje?'

'Is het soms voor Maarten 't Hart...? Ja? Nou, ik heb hem een paar maal geprobeerd te bereiken...'

'Hij had er namelijk al over opgebeld,' zegt de assistente.

'...maar op de uitgeverij weigeren ze zijn nummer te geven.'

'Als het pakje niet al te duur is,' zeg ik, 'neem ik het nu voor hem mee.'

'Maar schat, dat kan helemaal niet! Dat is maatje acht-endertig! Dat heb ik hem al gezegd. En als het een grotere maat was, kan het ook niet, want het moet wel móói zit-ten. Ik zou het voor hem moeten maken, zodat het als ge-goten zit.'

'En dat heeft Frans hem ook al gezegd,' zegt de assisten-te.

'Maar hij moet wel opschieten,' zegt Molenaar, 'want de schoenen die erbij horen, moeten in Italië gemaakt en daar zijn ze straks een paar weken dicht.'

'Ik zal de boodschap overbrengen.'

En ik breng de boodschap over.

'Dat zal wel duur worden,' zegt Maarten en dan, met een allerminst bedenkelijk gezicht: 'Ik zal erover den-ken.'

In mijn huis staat een digitale piano die met een druk op de knop het geluid van een clavecimbel voortbrengt. Maarten speelt er Bach op, en Mozart, hele stukken speelt hij uit zijn hoofd.

Ik betreur het als ik een kop koffie voor hem neerzet en hij het spelen staakt. Hij gaat op de rand van de bank zit-ten en slokt de hete koffie in een paar teugen weg. Ik vraag hem hoeveel tijd het omkleden kost.

'Als we om twaalf uur bij Molenaar moeten zijn,' zegt hij en springt op, 'moet ik nu wel beginnen.'

Hij gaat met zijn tas naar boven. En terwijl hij zich om-kleedt, worden de hinderlijke beelden die me plagen om-dat mijn kind een paar dagen elders logeert en ik me dan op een krankzinnige maar niet te onderdrukken manier zorgen maak, krachtig verdrongen door een heel ander beeld: een man met harige benen in mijn slaapkamer (of hoor ik hem in de badkamer?) die, voorovergebogen, zijn piemel licht zwaaiend, één voor één zijn grote voeten in een glanzend slipje (zwart? wit? rood? vleeskleur?) steekt. De bh die hij vastklipt, opvult, het gevoel dat zich van hem meester maakt... zo zal het toch gaan?

Ik krijg er zelf een vreemd gevoel door. Het is geen opwinding, geen lust, wat is het dan? Het lijkt op wat ik als kind ervoer, wanneer ik onder de douche vandaan kwam, op de koude tegelvloer stond en me begon af te drogen. Dan kwam het ineens opzetten: wat raar, wat eng om een lichaam te hebben. En de beste remedie was me zo snel mogelijk aan te kleden.

Ik hoor een korte tik. Een kam die valt? Een lippenstift? Een oorbel? Verder is het stil. De kousen aantrekken, in de schoenen stappen, de make-up aanbrengen, de pruik opzetten, wat naar voren, wat naar achteren...

Na vijfendertig minuten komt hij beneden en blijft voor de spiegel in de hal staan. Hij draagt een andere blonde pruik, een rood katoenen jasje, een witte blouse, een gladde, zwarte rok, zwarte pumps en zwarte panty's om de stevige kuiten.

Hij kijkt niet in die spiegel als iemand die controleert of zijn uiterlijk in orde is; het is of hij een ander ontmoet die hem zo voor zich inneemt dat hij wil blijven kijken.

Ik zeg: 'Je houdt nogal van rode jasjes.'

'Ja, als dame houd ik veel meer van kleuren.'

Hij werpt nog een goedkeurende blik naar de vrouw in de spiegel, pakt zijn schoudertasje, loopt ermee naar de tafel in de achterkamer, haalt er een zakje en een tubetje uit en kijkt om zich heen.

'Heb je misschien een schaar of een speld? Dat tubetje lijm gaat altijd dicht zitten.'

Ik geef hem een naald en hij prikt een gaatje in het tubetje, druppelt lijm op zijn nagels en plakt de al rood gelakte kunstnagels op.

Ik lees de tekst op het tubetje: Cyanoacrylat. Gevaarlijk. Kleeft binnen enkele seconden huid en oogleden aan elkaar. Kan ernstig oogletsel veroorzaken.

'Hoe haal je die nagels er weer af?' vraag ik.

'Gewoon, ik trek ze eraf.'

'Hoe voelt dat dan?'

'Het doet even pijn. Het voelt alsof je gewone nagel mee wil.'

De nagels nog eens aandrukkend, toont hij zich weer aan zijn spiegelbeeld.

Ik zeg: 'Maarten, het is vijf voor twaalf.'

Mijn buurvrouw groet me en drie, vier stappen verder klinkt het zacht naast me: 'Ze zag het niet.'

'Volgens mij wel.'

'Volgens mij niet hoor.'

Hij is nerveus, vooral bij het drukke Roelof Hartplein kijkt hij schichtig om zich heen en als we oversteken, buigt hij zijn hoofd. Het is een warme dag. Van een groep pubers die voor de winkel van de bakker hangt, hebben de meesten blote armen en benen. Ze zijn te druk bezig met praten en lachen en het verorberen van broodjes en koeken om op twee passerende vrouwen te letten.

'Is die pruik niet erg warm?' vraag ik.

'Ja, die is altijd vreselijk warm. Misschien moet ik er toch eens eentje op maat laten maken, maar dat is duur.'

'Hoe duur?'

'Een paar duizend gulden.'

'En die is dan van echt haar?'

'Echt haar, ja, dat is natuurlijk veel mooier.'

'Je bent toch nooit zo zuinig voor jezelf wanneer je een dame bent?'

'Dat is waar, als dame ben ik totaal anders, dan is het net of geld er niet toe doet.'

'Wat denk je dat je pakje bij Molenaar gaat kosten?'

'Ik weet 't niet, achtduizend gulden? Tienduizend?'

'Je zet het toch op je bv?'

'Op de bv.'

'Draag je nooit blauw bij je blauwe ogen?'

'Blauwe ogen, ja… maar ik bezit vrijwel niets blauws… Dat jij het zo gewoon vindt om naast mij te lopen en zo te praten…'

'Het maakt me niet uit hoe je erbij loopt. Hier, geef me een arm, ik heb al in geen jaren meer met een vrouw over straat gelopen.'

'Misschien komt het ook wel omdat jij zo naast me loopt, want het lijkt heus of niemand het ziet…'

'Wil je nou wel of niet gezien worden?'

'Ik wil toch liever niet opvallen. Daarom is het ergens wel prettig dat het zulk weer is, dan kan ik mijn zonnebril dragen.'

'Als jij niet wilt opvallen, moet je geen rood: naai me, naai me! dragen, en geen blonde pruik en al ging je gekleed in herfstkleuren, ook geen rok. En een zonnebril is prettig omdat je zelf kunt rondkijken, maar een "vermomming"? Soms valt zo'n ding juist op. Hoe doe je dat als er geen zon is?'

'Dat is lastig. Dan hoop ik dat het gaat regenen, zodat ik onder mijn paraplu kan.'

'Dwaas.' Ook omdat hij het zo ernstig zegt, moet ik om hem lachen.

Hij zegt: 'Ik heb zo'n bolle, doorzichtige, waar ik redelijk doorheen kan kijken, terwijl ze mij niet goed kunnen zien.'

'Probeer wat minder grote stappen te nemen.'

'Ja, daar moet ik ook op letten.'

'Straks scheurt je rok.'

'Scheurt m'n rok, haha… Goh, dat jij het maar gewoon vindt en dat niemand het merkt…'

'Nou, "gewoon" vind ik het niet.'

Op het terras voor bodega Keyzer stoot een vrouw de vrouw naast haar aan.

'Twee vrouwen hebben je gezien,' zeg ik.

'Ze zijn zeker geschrokken?'

'Die zijn een dagje uit en dan zien ze jou ook nog, die heb je een leuke dag bezorgd.'

'Als meer mannen deden als ik, zou het er anders uitzien op straat.'

'Ja,' zeg ik en maak me een voorstelling van een dergelijk straatbeeld. 'Het zou er zeker anders uitzien. Maar als het dan zou wennen en er niemand meer naar je keek, zou je dat niet jammer vinden?'

'Ja, nee...'

'De pothoedjes die bij Molenaar in de etalage staan, willen de meeste mannen echt niet op hun hoofd.'

'Ik wel, maar het staat me niet.'

'Ik heb nagedacht over dat rood,' zegt Molenaar, 'maar volgens mij moet je in het blauw.'

'Dat zei zij ook al,' zegt Maarten verrast.

'Rood is veel te hard voor je,' zegt Molenaar en steekt zijn hand uit naar een plank met schoenen in diverse kleuren. 'Deze kleur had ik in gedachten.'

Hij toont een azuurblauwe pump.

'Mooi,' zegt Maarten.

'Ik dacht meer aan vaalblauw,' zeg ik voorzichtig, 'of nachtblauw.'

Molenaar, zelf op zwarte espadrilles, kijkt naar de kleurige rij, pakt een paarse pump en zet die naast de blauwe op de salontafel.

'Nee,' zegt hij.

'Dat zou ik niet doen,' zegt zijn assistente.

'Nee,' zegt Maarten.

Dus wordt het een azuurblauw pakje, met pumps, maat 43, in dezelfde kleur.

Molenaar neemt twee trekjes van zijn sigaret en zegt: 'Tien september houd ik mijn nieuwe show. Normaal doe ik dat bij mij thuis en dan komen er zo'n honderd mensen kijken, maar dit is mijn vijftigste show... dit moet groter. En dan zou het leuk zijn, Maarten, als jij erbij bent in je pakje.'

'Leuk,' zegt Maarten.

Molenaar kijkt hem innemend aan. 'Ja, dat is leuk... En nu even je maten...'

Hij zoekt zijn centimeter, ondertussen verder pratend: 'Die show is niet het enige... Waar is die centimeter nou, Ellie, weet jij het?'

De assistente begint mee te zoeken. Ik stoot Maarten aan en fluister hem toe: 'Niet zomaar doen omdat het *leuk* is, verreken het met dat pakje.'

'Ja ja,' fluistert hij, 'dat zal ik zeker zeggen.'

'De show moet namelijk niet alleen groter omdat het de vijftigste is, maar omdat ik mijn eigen merk parfum lanceer. O.N. 13 gaat het heten... God, waar is dat ding nou... O.N. 13, naar mijn adres op de Oranje Nassaulaan... En nou zou ik het zo leuk vinden, Maarten, als jij het eerste flesje in ontvangst neemt...'

'Dat is goed,' zegt Maarten.

De assistente verlaat de zaak om een andere centimeter te halen.

'Fijn,' zegt Molenaar en gaat weer tegenover Maarten zitten. 'Je moet er mooi uit komen te zien.'

'Wat moet het pakje eigenlijk kosten?' vraagt Maarten.

'Ik wil je alleen het materiaal en de naaikosten berekenen en geen cent winst, omdat jij dan bij de show hoort. Zestienhonderd.'

'Nou, dat is mooi.'

'Is dit je enige pruik?'

'O nee, ik heb er wel twintig.'

'Twìntig?!' zeg ik.

'Ongeveer.'

Molenaar knikt. 'En dan moet je er een wat rossiger pruik bij dragen.'

'Rossig... die heb ik wel.'

'Heb je je zelf opgemaakt?'

'Ja, dat doe ik zelf.'

'We laten je ook opmaken door een visagist.'

'Leuk.'

'En andere oorbellen.'

Molenaar pakt een paar glazen knoppen met een gouden randje. 'Zulke, denk ik.'

'Prachtig.'

'Ik heb trouwens nog een heel erg mooie jurk van Adèle die haar niet meer past. Lang, zwarte pailletten, hoog gesloten met een col, lange mouwen, echt een beeld, ik denk dat die jou wel past. Als je er belangstelling voor hebt, kun je 'm overnemen. Adèle houdt wel van een beetje handelen.'

'Ik heb al zoiets,' zegt Maarten. 'Maar ik kan het natuurlijk proberen.'

'Als ik nou even Abel bel, mijn kleermaker, kan hij 'm langsbrengen.'

De assistente komt binnen met een centimeter.

'We hebben het over die jurk van Adèle,' zegt Molenaar. 'Denk je ook niet dat die Maarten past? Weet je wat, ik zorg wel dat hij er volgende week is als Maarten toch moet passen voor het pakje.'

Maartens maten worden genomen.

'Bovenwijdte honderdtien... Taille tweeëntachtig... Heup honderdzeven... Je bent smal van heupen.'

Het klinkt als een compliment, maar Maarten zegt op wat verontruste toon: 'Dat is toch niet zo best voor een rok? Bij Rur droeg ik een pakje van Frank Govers, dat zat veel te strak, dat kon ik na die uitzending meteen weggeven. Misschien is een gerende rok beter.'

'We maken een mooie kokerrok,' zegt Molenaar. 'Het moet een pak worden waar de mensen van omvallen.'

'Goh, dat ging goed,' zegt hij zodra we buiten staan. 'Heel anders dan bij Govers. Toen die mijn maten nam, vond ik dat vervelend, hij zat zo aan me.'

'Govers komt over als een gemene ouwe nicht, maar wel geestig. Molenaar ziet er goed uit, eenenvijftig en nog steeds een aardige jongen.'

'Ontzettend aardig.'

'Wil je wat eten?' vraag ik als we langs een restaurant lopen.

'Nee, ik heb geen honger.'

'Ook niet een broodje of taartje in een coffeeshop?'

'Als dame heb ik nooit honger. Misschien omdat ik onbewust slank wil blijven.'

We staan stil voor een lingeriewinkel.

'Zoiets draag ik niet,' zegt hij met een knikje naar het fijne ondergoed.

'Je hebt toch een bh aan?'

'Ja, maar die dingen hoef ik niet, al is die paarse jarretel wel mooi.'

We gaan een schoenenzaak binnen, waar geen damesschoen boven maat 42 te koop is. Een bereidwillige verkoopster haalt desondanks een paar open schoenen met bandjes dat hem bevalt. Hij wringt zijn rechtervoet in de schoen. Het vlees puilt tussen de bandjes uit. De verkoopster geeft een adres op de Prinsengracht.

'Ik koop mijn schoenen op de Overtoom,' zegt hij buiten. 'Daar hebben ze grote maten. Maar wat een aardige vrouw, dat ze het gewoon vindt dat ik in die winkel pas.'

De overheersende modekleuren zijn rood en zwart en er is vrijwel geen etalage die zich er niet aan houdt.

'Dat is een mooie jurk,' zegt hij over een wijd rood gewaad. 'En dat daar, wat een leuk bloesje. Jammer dat de mouwen te kort zijn.'

'Zo kort zijn ze niet.'

'Maar wel zo kort dat ik er mijn armen voor zou moeten scheren.'

'Zou het niet prettiger zijn om aan te trekken wat je wilt, zonder op de rest te letten?'

'Als ik zo ver eens kon komen, dat zou ideaal zijn.'

Lopend langs een tassenwinkel, vraag ik hem of hij geen andere tas wil.

'Ik heb al een mooie,' zegt hij over het bruine tasje aan zijn schouder.

'Dat rukken ze zo bij je af, het zit met één drukknoop vast.'

'Dat is waar.' Hij blijft staan, trekt de drukker los en verplaatst de riem zodat die nu met twee drukkers vast kan. 'Het is prettig met zo'n tas te lopen.'

Bij de bakker kopen we brood en appeltaart.

'Ook die verkoopster keek of ze niets vreemds zag,' zegt hij opgewonden. 'Alleen die bakkersjongen, die liet het heel even merken. Maar dat verder niemand het haast in de gaten heeft, dat niemand me nakijkt of iets zegt, wat is iedereen toch aardig!'

'Of omdat ze iets anders aan hun hoofd hebben, of omdat ze gewend zijn aan een stad die stikt van de minderheden. Doe je dit dan nooit in Warmond of Leiden?'

'Zo openlijk over straat lopen? Dat kàn niet.'

'Waarom schrijf je daar niet over?'

'Over jaren misschien, maar het zal wel nooit gebeuren, want ik denk niet dat ik het kan. Ik geloof ook dat ik het niet wil. De boeken die ik nog wil schrijven, hebben er niets mee te maken... Zo narcistisch. Nee, ik ben bang dat het één grote navelstaarderij zou worden.'

'Als je denkt dat het in een roman niet lukt, zou je het in korte stukken kunnen proberen, zoals dat stukje dat je laatst schreef over een jongeman die zegt dat hij voor je bidden wil omdat je een probleem hebt, en het oude vrouwtje dat zich daar dan mee bemoeit.'

'Dat was "Vier centen onder je rok", ja, dat was een leuk stukje en helemaal waar gebeurd.'

'Krijg je de laatste tijd ook weer van die verzoeken om bijdragen in allerlei bladen?'

'O, vreselijk.'

'Ik sta me soms in bochten te wringen om eronderuit te komen, helemaal wanneer iemand het vriendelijk of verlegen vraagt, of als ik iemand ken.'

'Ja, dat heb ik ook. Wat dat betreft kan ik beter een nieuw geheim nummer nemen.'

'Een paar dagen geleden kreeg ik het verzoek een stuk te schrijven over het leven op een boerderij, over een boerenfamilie die al generaties lang boert.'

'Jij op een boerderij? Dat kan toch niet.'

'Ik zei ook: daar weet ik niets van. De enige natuur die ik ken is een duinpad naar zee. Bovendien schrijf ik liever fictie. Dan wordt er gezegd: daarom kan het juist aardig zijn, jij kijkt daar anders naar, etcetera. En dan begin ik al te twijfelen… Heeft niet iedereen uiteindelijk met het boerenbedrijf te maken? We eten er toch allemaal van? En ik herinner me de geur van hooi en een stal uit de vakanties in mijn jeugd en de twijfel wordt sterker, zo sterk dat ik bijna zo'n nieuwsgierige, malle buitenstaander word die er als een soort reisschrijver op af wil gaan. Goed, waar zal ik dan naar toe gaan? Brabant? Friesland? Landbouw? Veeteelt? Gemengd bedrijf? En welke boerenfamilie? Bij de buren van die boer is het misschien veel interessanter. Ik las *Herfstmelk* van Anna Wimschneider, een tobberig levensverhaal van een boerin die aan het eind verzucht: "Werd ik nog een keer geboren, een boerin zou ik niet meer worden." Beter kan iemand het niet vertellen. Maar wat me er het meest van weerhoudt, is die beesten. Weet je dat er alleen al van angst per jaar zestigduizend varkens in veewagens creperen? Het is of iedereen, gesteund door de overheid, alleen nog vlees in dieren ziet, in plaats van dieren, misdadig is het. Zie jij nog wel eens een boom of een afdakje in een weiland zodat die arme schepsels beschutting kunnen vinden? Als je die dieren al ziet, want de meeste liggen vanaf hun geboorte tussen het beton. Ik walg van de onverschilligheid van de hele horde vleeseters. Sorry, eet jij maar rustig gehaktballen, ik houd meteen op… Ik heb gezegd dat ik het in beraad houd, maar ik doe het niet. Dan kan ik nog beter een stuk over jou als dame schrijven.'

'Nou, dat is toch niet zo gek. Bij mijn weten is zoiets nooit gedaan door een vrouw. Het zijn altijd travestieten zelf of specialisten, sexuologen die erover schrijven. Het is wel een goed idee.'

'Misschien,' zeg ik en denkend aan Oliver Hardy's 'Now, that's a good idea': 'Maar dan zonder de psychologie eromheen, zonder een woord als "genderidentiteit" en dat hele jargon, en zonder droeve noten.'

'En nog iets: je mag me niet sparen.'

De Goudsteen

Hij schrokt een groot stuk taart naar binnen en drinkt pils.

'Proef je wel wat?' vraag ik.

'Ja hoor, lekker.'

'Als dame had je toch geen honger?'

'Ja, nou ja,' zegt hij met een lachje. 'Dat komt natuurlijk omdat ik me zo dadelijk weer moet omkleden.'

'Zou je het liefst zo blijven?'

'Eigenlijk wel, maar dat kan niet. Ten eerste kan ik zo niet in de trein en ten tweede is Hanneke thuis. En die wil me niet als dame zien, ze vindt het ook vreselijk als ik zo op de televisie verschijn. Ik wil haar geen verdriet doen, dus moet het stiekem. In het begin had ze er geen moeite mee, maar ja...'

'Wanneer was dat begin?'

'In negenenzestig, in Leiden. Ik was vijfentwintig en verkleedde me voor de eerste keer. Ze vond dat toen geen punt.'

'Weet je nog wat je aantrok?'

'Ik had een zwarte overgooier gekocht in de Van Breestraat. En rode schoenen. En een roodharige pruik van vierenvijftig gulden in Den Haag. Onder die overgooier droeg ik een rood coltruitje en ik had zwarte kousen aan... Ik ben toen naar buiten gegaan, 's avonds, en ben gaan fietsen op een damesfiets. Het was de fiets van Hanneke, we waren toen al getrouwd. En ik werd nagefloten! O, heerlijk was dat. Ik reed door de Schubertlaan en de Brahmslaan waar Maarten Bies woonde, maar die kende ik toen nog niet goed. Pure euforie! Ik heb die kleren toen de hele avond aangehouden en het gevoel hield aan... Die ongelooflijke kick, zo sterk komt die nooit weer.'

'En toen kreeg je de smaak te pakken.'

'Kreeg ik de smaak te pakken. Als eerste kocht ik er een zwart truitje bij en toen volgde er meer... Na een jaar of vijf, zes was er een fase waarin ik alles weggooide, make-up, wimpers, ook die overgooier. Het was heel moeilijk om er afscheid van te nemen, maar ik wilde van die obsessie af.'

'Je hebt geschreven dat je er als kind al naar hunkerde een meisje te zijn. Maar je schreef ook dat je dat verlangen op de achtergrond hebt weten te dringen door te gaan schrijven. Nou kun je je als schrijver zoveel personages eigen maken: liefhebbende en geliefde, beul en slachtoffer, man en vrouw, wie en welke tegenpool je maar wilt, waarom moet je zoiets dan ook nog in levenden lijve uitvoeren?'

'Omdat het een obsessie was en is, en dat is ook precies waarom je er niet vanaf komt... Ik gooide overigens niet alles weg, dat kreeg ik niet over mijn hart, ik gaf wel eens kleren aan mijn zus. Ik zei tegen haar dat ze van iemand van het lab waren die naar Amerika emigreerde en te veel in haar garderobe had. Dat klonk aannemelijk. Er was ook een bontjas bij, die wilde mijn zus me laatst teruggeven, omdat ze inmiddels wel beter weet. Ze vindt het trouwens leuk, ze zegt: "Ik heb er een zusje bij." Mijn broer denkt daar anders over. Maar ja, wat kan ik eraan doen? Ik kan het niet onderdrukken, ik voel me er prettig bij, het is een troost voor me. Daarom ben ik ook als dame naar het boekenbal gegaan.'

'Als troost? Ik dacht dat je erop uit was zekere personen te tonen dat je maling aan ze had, en dat je het durfde te doen omdat genoeg anderen het amusant zouden vinden je in die vermomming te zien.'

'Ik had die troost nodig vanwege de dierenarts.'

'Daar kijk ik van op.'

'Het is echt waar. Ik was in die dagen zo verdrietig, op een nacht lag ik in m'n slaap te huilen. Hanneke werd er wakker van en vertelde het me.'

'Ze is niet alleen reuze aardig, ze moet ook een engelengeduld hebben. Ik weet niet wat ik erger zou vinden als ik met jou getrouwd was. Dat je, in de ban van jezelf als vrouw, in de buurt was, of dat je, in de ban van een ander, naast me lag. Het zal niet eenvoudig zijn met jou te leven.'

'Nee. Maar ik kan er niets aan doen... De dierenarts heeft me nog gebeld. Ze blijft bang dat, als het boek er is, ze in de praktijk herkend wordt en ze blijft beweren dat er van alles niet waar is, terwijl dat wel zo is, ik zweer het je. Het is beter dat het voorbij is, maar ik moet haar niet zien want dan gá ik weer...'

'Je hebt die hele affaire beschreven, maar er staat niets in over je dubbelleven, hield je dat voor haar geheim?'

'Ze heeft me een keer als dame gezien en ze vond het leuk. Ze beweerde zelfs dat ze op travestieten valt.'

'Misschien had je dan beter als dame met haar kunnen vrijen.'

'Als dame heb ik daar niet zo'n behoefte aan. Je hebt mannen die opgewonden raken als ze zich als vrouw verkleden, en je hebt mannen die daar helemaal geen last van hebben. En die laatsten zouden transsexuelen zijn, maar ik wil me helemaal niet laten opereren!'

'Zo eenvoudig verdeeld kan het niet liggen, maar afgezien daarvan: je laat je toch niet indelen bij een groep?'

'Ik wil dit gewoon af en toe als troost. Door de euforie verander ik helemaal. Niet alleen die zuinigheid houdt op, ook andere vervelende eigenschappen, de neuroses. Ik kan langer opblijven, ik wil uit, ik heb behoefte aan gezelschap, ik wil soms ook roken.'

'Zeker met een sigarettepijpje?'

'O ja... Ik wil dan dat anderen me zien, en ik wil dat ze iets geruststellends zeggen, liefst complimentjes natuurlijk.'

'IJdeltuit.'

'Ja, vind je?'

'Je hebt al zeker een kwartier niet in de spiegel gekeken.'

Hij veert meteen op, staat met een paar stappen voor de spiegel, bekijkt zich goedkeurend van top tot teen, komt weer terug en zegt: 'Ik was onlangs in de Geleenstraat – jij komt uit Den Haag, jij weet waar het is – en daar zag ik een hoer, helemaal in zwart leer, adembenemend mooi. Weet je wat ik voelde? Ik wou niet bij haar naar binnen, ik had haar willen *zijn*.'

'Toch lust, Maarten.'

'Zou je denken?'

'Zoals je het zegt en erbij kijkt! Alleen, als je zo'n vrouw wilt zijn, wil je ook een heterosexuele macho die je op zijn tijd goed te grazen neemt.'

'Nee nee, ik houd van vrouwen, geloof me toch! Als ik echt een vrouw was, was ik lesbisch! Het heeft niet met mannen te maken dat ik graag een meisje was geweest en alles eraan mooier vind. Op de lagere school maakte ik met kleurpotlood mijn nagels en lippen rood.'

'Veel meisjes doen dat, ik deed het ook.'

'Dan weet je toch hoe dat voelt? Dat kan toch ook bij mij? Als kleuter wilde ik het al.'

'Wat deed je dan? Trok je de kleren van je zusje aan?'

'Die was nog te klein... O nee, zulke dingen kwamen niet in me op! Mijn moeder kleedde me ook niet als een meisje, zoals je wel eens uit de verhalen van andere travestieten hoort, dus ik weet niet hoe ik eraan kom. Ik had fantasieën, fantasieën over het koningshuis. Ik fantaseerde dat ik een meisje was, dat er tussen de prinsesjes Margriet en Marijke een prinsje was en dat prinsje heette Willem... Hij kwam een keer mee met zijn ouders op een werkbezoek in Maassluis, en op een onbewaakt ogenblik liep hij weg en viel. Ik zag hem vallen in de Goudsteen.'

'Goudsteen of gootsteen?'

'De Goudsteen, een straatje bij de brug. Samen met hem ben ik toen de trap opgeklommen naar de dijk. Het was een aardig prinsje, een beetje donker, zachtaardig.'

'Wat aandoenlijk.'

'Ja hè? En elke avond als ik in bed lag, zag ik hem weer. En dan fantaseerde ik dat ik bij hem op Soestdijk op bezoek mocht komen. We haalden dan de spulletjes van zijn zusjes uit kasten en kisten en we verkleedden ons.'

'In *Ik had een wapenbroeder* vertelt de hoofdpersoon dat hij zich als kind nooit mocht verkleden.'

'Ja, misschien dat ik me daarom ook in mijn fantasie van begin af aan met het koningshuis verbonden voelde, niet alleen met het prinsje maar ook met de koningin... Indrukwekkend was prinses Gracia, en Soraya, de vrouw van de sjah... De garderobe van Beatrix spreekt me ook aan. Ze is alleen wat te plomp, ze zou voor die kleding wat ranker moeten zijn.'

'Zoals jij zeker?'

'Ik ben te lang.'

Waarom zeg ik niet dat er wel wat anders aan schort en zijn handen, polsen, kuiten, voeten, rug en nek allesbehalve rank zijn? Omdat ik verwacht dat hij dat zelf ook wel weet? Om hem in de roes te laten? Om hem niet te kwetsen? In plaats daarvan zeg ik dat hij bij die show van

Molenaar wel zal merken dat de mannequins net zo lang, zo niet langer zijn.

'Ja, dat is raar dat ik liever wat minder lang was, terwijl ik aan de andere kant juist wil overdrijven. Dus reusachtige oorbellen, strakke rokken, felle kleuren, lakschoenen met zo hoog mogelijke hakken, lange laarzen, pruiken met veel haar, leer en suède, enorme valse wimpers, ook onderwimpers, ja, die bestaan ook. En dan vooral die lange nagels. Het is of alles daaruit voortvloeit. Het mooiste is nieuwe op te plakken en te lakken. Vroeger had ik veel kleuren nagellak, zwart ook, nu alleen een paar rode. Er bestaan tientallen soorten plaknagels, van dun tot dik en stevig. Er zijn Duitse nagels van Joffrika. Het merk Eyelure had er een stel, maar dat heeft nu alleen nog wimpers. In Den Haag kon je een keer California Nails kopen, die stonden krom als bij Griffith, die hardloopster – o, die heeft zulke mooie lange nagels, ik denk trouwens dat zij is omgebouwd – maar die zijn niet meer te koop. De mevrouw in de winkel zei dat niemand ernaar vroeg. Die ik nu draag komen uit de drogisterij. Die zijn het lekkerst, omdat je ze zo'n beetje onder je nagelriemen kan schuiven.'

Hij rukt de nagel van een wijsvinger. Het gaat snel, maar ik kan me het gevoel dat hij beschreef, 'alsof je gewone nagel mee wil', heel wel voorstellen en onderdruk een rilling. De manier waarop hij de nagels lostrekt, doet me denken aan hoe mijn moeder een vuile pleister op een kinderknie kon beetpakken met de woorden: 'Hup en daar gaat-ie!' En dan die ruk, direct gevolgd door: 'Zo voel je er het minst van.'

'Ken je het bestaan van harsnagels?' zeg ik. 'Die hars gaat op je eigen nagels en zit zo vast dat je nagels erin doorgroeien.'

'Ik zou het dolgraag een keer doen, maar ik kan daar thuis niet mee rondlopen. Gelukkig zijn er plaknagels...

Maar misschien laat ik het toch een keer doen, dan ga ik wel een week in Amsterdam in een hotel zitten.'

'Hoe wou je piano spelen met die onhandig lange nagels?'

'Ja, dat gaat lastig. Dat geldt voor meer handelingen, hoewel het ook juist heerlijk is dat die zo onhandig gaan, knoopjes dichtdoen bijvoorbeeld.'

'Dwaas. Wat zou je liever willen: altijd lange nagels hebben of piano kunnen spelen?'

Hij zwijgt en kijkt peinzend voor zich uit.

Jezus, denk ik, daar hoef je toch niet over na te denken, dat weegt toch niet tegen elkaar op?!

'Daar vraag je me wat,' zegt hij met een zucht. 'Ik zal erover denken terwijl ik me omkleed.'

Binnen vijf minuten is hij beneden. Met de grote tas aan zijn hand, zijn gezicht en haar wat vochtig, ziet hij eruit of hij net gesport en vervolgens gedoucht heeft. De spiegel in de hal draait hij zijn rug toe.

'Voel je je nu zo onplezierig dat je er niet meer in wilt kijken?'

Ik wou dat ik het niet gevraagd had, maar hij zegt: 'Nee hoor, het is nu niet de moeite waard om te zien. Dat is alles. Ik heb nog over die vraag nagedacht, maar ik weet het antwoord nog niet. Misschien volgende week. Het is een rotvraag.'

Versperringen

Ik pak een handdoek, een rode, en leg die voor hem in de badkamer.

Van beneden klinkt plotseling zulke mooie, ijle pianomuziek dat ik vlug en zo zacht mogelijk de trap afloop om er beter naar te kunnen luisteren. Het is aanstekelijke muziek, vrolijk en ritmisch als dansmuziek, maar met een melancholieke ondertoon en een melodie die niet duidelijk maakt waar ze naar toe wil. Het is of het door en door kan gaan, zonder de spanning te verliezen. Het is als een dodendans, een demonische dodendans.

Hij speelt met zijn hoofd voorovergebogen, zijn lippen getuit. Zodra hij de toetsen loslaat vraag ik van wie dat mooie, raadselachtige stuk is.

'Ja, mooi hè? Het is van Couperin: "Les Barricades Mysterieuses". Ik kende het ook niet. Ik hoorde het in België spelen en toen ben ik erachter aan gegaan, net zo lang tot ik het vond... In Antwerpen is trouwens echt een scene van travestieten. Meteen toen ik het station uitkwam, zag ik er al twee.'

'Vlaamse vrouwen.'

'Nee toch? Nee, hahaha. Dan zouden we daar toch eens naar toe moeten, want ik kijk altijd overal op straat of ik er een zie.'

Hij doet twee stappen in mijn richting en zegt: 'Ik weet het antwoord op die vraag van je. Het is ja. Ja, ik zou het pianospelen wel willen ruilen voor altijd lange nagels hebben.'

'En dat zeg je nadat je zo'n beeldschoon stuk hebt gespeeld? Wat vreselijk.'

'Vreselijk. Maar het is natuurlijk een geluk dat er plaknagels bestaan.'

Hij komt nog een stap dichterbij en zegt: 'Als je erover wilt schrijven, zou je dan niet moeten zien hoe dat met verkleden eigenlijk gaat?'

Ik laat niet blijken dat hij me met dit voorstel overvalt en zeg: 'Natuurlijk, als het je niet hindert.'

'Het lijkt me dat het erbij hoort,' zegt hij uitnodigend.

En dan volg ik hem naar boven, met een vreemde mengeling van verbazing en nieuwsgierigheid. Waar doet het me aan denken? Aan de sensatie die je als kind ondergaat wanneer je een familielid of bekende bespiedt die zich aan het wassen of omkleden is?

Nee, hij is wel een bekende, maar hij staat het zelf toe, hij wil gezien worden.

Lijkt het dan op die logé voor één nacht die de volgende ochtend naakt in mijn huis rondliep en schaamteloos met zijn blote kont op de bank de krant ging zitten lezen?

Nee, ik had bovendien zijn voorstel kunnen negeren.

Lijkt het op de geforceerde sex-uitwassen in die vermaledijde hippiejaren? Nee, ook daar kan het niet op lijken. Maarten die, streng gereformeerd opgevoed, de regels uit het Oude Testament (Deuteronomium 22:5) uit zijn hoofd zal kennen: 'Een vrouw zal geen manskleren dragen en een man geen vrouwenkleed aantrekken, want ieder die deze dingen doet, is den Here Uw God, een gruwel.' Maarten, die als auteur zo onhandig met al wat met sex te maken heeft kan omgaan dat het wel eens hilarisch is. En uitgerekend hij zou niet weten wat schaamte is?

Nee, dit is anders. Het is curieus en het is eerlijk, en zo wens ik het te blijven zien.

Hij begint zich op te maken voor de spiegel boven de wastafel. Eerst de pancake, dik en dof.

'Waarom maak je je eerst op? Zo komt het aan je kleren.'

'Ja, ik doe dat altijd... Er zit een klein stukje dat ik vergeten heb te scheren,' zegt hij geïrriteerd.

Ik bekijk het van dichtbij en zeg dat het meevalt.

'Maar ik voel het,' zegt hij, met een vingertop over zijn wang wrijvend.

'Dan kam je er straks een lok over.'

Met een bruin potlood trekt hij de wenkbrauwbogen. En met een zwart, stomp potlood begint hij aan de lijntjes om zijn ogen.

'Het potlood is te dik,' zeg ik en met een speciale punteslijper slijp ik het, niet te scherp.

Hij trekt het zwart langs de binnenste randjes van zijn oogleden, zodat de lijnen strakker lopen en de ogen kleiner en vinniger lijken.

Hij pakt een valse wimper en wanneer hij die naar zijn oog brengt, maakt zijn lichaam een golvende beweging alsof het wil gaan heupwiegen, maar het volgende moment ontspant het zich.

'Blijven die wimpers goed zitten?'

'Soms gaat er eentje los, dat is heel vervelend...' Hij haalt er de mascararoller over en verzucht: 'Goh, dat je dit als vrouw toch allemaal mag doen...'

Hij trekt zijn overhemd uit. Zijn borst en zijn armen zijn flink behaard, en ook op zijn rug en schouders zit haar.

'Behaard hè?' zegt hij.

'Behoorlijk.'

'De dierenarts hield ervan.'

Hij plukt een grote, vleeskleurige bh uit zijn tas en steekt zijn armen onder de bandjes door.

De twee prothesen zitten elk in een doos.

Terwijl hij de linker in het op maat gesneden zakje onder de linkercup van de bh schuift, knijp ik in de rechter. Het ding voelt koud aan, maar het heeft precies de zachte spanning van een borst.

'Normaal zijn ze natuurlijk bedoeld voor vrouwen met een afgezette borst,' zegt hij. 'Die hebben er meestal maar één en niet twee nodig. Ze kostten driehonderdzestig gulden per stuk, maar dat zijn ze ook wel waard, na al dat gehannes van vroeger... Ze zijn toch niet van echt te onderscheiden?'

'Nee, alleen wat koud.'

'Dat gaat over.'

Hij trekt zijn broek uit. En zijn onderbroek.

Ik lees op de bijsluiter van een prothese dat er voorzichtig mee moet worden omgegaan en er bijvoorbeeld geen speld of schoen in terecht moet komen. Vanuit mijn ooghoeken zie ik het heus wel: zijn benen zijn lang en gespierd, zijn heupen smal, zijn buik plat, en zijn – niet te grote, niet te kleine – hangertje (hoe zal ik het dan noemen bij een man die ik al jaren ken en op wie ik, zonder dubbelzinnige gedachten, gesteld ben? Fluitje, tuitje, pookje, klokje, vogeltje, slurfje, slakje? Of toch zaakje, jongeheer, lid, geslacht, plasser, piemel of lul?) oogt zo betamelijk dat ik de neiging moet onderdrukken er mijn hand naar uit te steken.

Hij trekt een panty over al die mannelijkheid en zegt: 'De kousen zijn het lekkerst om aan te trekken.'

Dit is verwarrend. Het is of het gevaar geweken is, en ik betreur het.

'Een jarretel met kousen,' zegt hij, 'is wel mooi, maar voelt zo raar.'

Ik kijk naar de panty, naar het laag hangend kruis en

naar wat er daarboven doorheen schemert. En ik betreur het niet alleen, maar voel ook weerzin en boosheid. Niet omdat hij stukje bij beetje in een vrouwelijke verschijning verrijst, maar omdat hij zijn eigen sieraad ontkent, negeert, waardeloos maakt.

En als ik als man zou kijken? Als homosexueel?

Niet wrevelig worden, alleen omdat ik het niet goed begrijp. En het ook niet gaan stellen tegenover het leed van de wereld, want wat is er dan niet nietig? Selectief relativeren is net zo goed vals spelen. Dus geef toe, ga erin mee en, in godsnaam, geen droeve noten.

'Is hij niet een beetje te klein?'

'Dat valt wel mee. Het is extra large. Hij moet niet echt te klein zijn zodat je kruisje halverwege hangt. Als dat wel zo is, trek ik 'm gewoon kapot, of geef er van boven, vooraan, een knipje in. Dan oogt het als een jarretel.'

Achter hem staan zijn zwarte schoenen met de ronde neuzen en dikke zolen en zijn gebreide sokken verlaten op de badkamermat.

Hij trekt een groene blouse aan en een witte, katoenen broek.

'Een broek?' zeg ik. 'Waarom doe je dan een panty aan?'

'Omdat ik die kousen veel te graag aantrek. Vorige week zag ik zwarte met zilver van vijftig gulden. Die heb ik meteen gekocht, al trek ik er zeker eenmaal per maand eentje kapot. Hoewel ik ook nog kousen met zilver heb van twintig jaar geleden, Mary-Quant-kousen, die ik nog wel eens draag. Het zal wel heerlijk zijn om kousen met lange nagels aan te trekken maar dat doe ik niet omdat ik de nagels als de finishing touch beschouw, de kroon op het werk. Kan ik eventueel wat nagellak van jou gebruiken?'

'Er is alleen een flesje wit en een flesje rood.'

'Ik zie jou nooit met rood lopen.'

'Op mijn tenen.'

'Dat zou ik nou nooit doen, het kan me helemaal niet schelen wat er onder kleren zit.'

Hij zet een pruik op en kamt hier en daar met voorzichtige haaltjes.

'Dat vervelende ongeschoren plekje…'

Ik pak een lok en trek die ervoor.

'Zo,' zegt hij. 'Heb je nou gezien dat ik er sexueel niet opgewonden van raak?'

'Misschien ben je voor je hier kwam, wel bij de hoeren geweest.'

'O, wat ben jij gemeen! Hoe zou dat trouwens kunnen? Ik was hier al om tien uur!'

'Ze zitten er al voor de ochtendspits. En de Ruysdaelkade is hier vlakbij.'

'O!'

'En als je eraan denkt dat je over een paar weken achter de coulissen belandt, tussen de mannequins?'

'Ja, ja, dat prikkelt me wel.'

Giechelend trekt hij zijn schoentjes aan, open schoentjes. De lengtemaat is goed, maar de zijranden drukken in het vlees en doen hem pijn.

'Maar dat geeft niks.'

'Kun je wel naar Molenaar lopen?'

'O ja hoor. Zal ik die nagels dan maar op doen?'

'Dat wil je toch graag?'

'Ja. Bovendien, hoe moet ik anders die grote mannenhanden vermommen?'

Hij prikt het tubetje lijm door met een speld en plakt de nagels op met trillende handen. Misschien denkt hij aan Molenaars modeshow, ik weet het niet, maar hij zegt: 'Ik zou juist graag aan gewone dingen mee willen doen. Een gewone baan hebben, daar fantaseer ik over, een baan als secretaresse.'

'Voor wie? Een prins?'

'Nee hoor, een directiesecretaresse bij IBM of zo.'

'Als vamp op de rand van het bureau van de baas?'

'Absoluut niet. Alleen in een net pakje zitten en telefoon aannemen.'

'En steno?'

'En steno.'

'En vergaderen?'

'En vergaderen, heerlijk, tussen die mannen met die vreselijke stropdassen, wat een verschrikkelijk kledingstuk!'

'Ik ben het niet met je eens, kijk maar eens goed naar al die motieven, er zitten heel mooie tussen.'

'Dick Hillenius zei dat we de stropdas te danken hadden aan de Vikingen die bij Wijk bij Duurstede het land binnenvielen. De Nederlandse mannen moesten toen een stropdas dragen zodat ze, als het nodig was, meteen konden worden opgehangen.'

'Ik heb meer dan eens een man een das gegeven. En ik kreeg er zelf ooit een van Cees, geel met zwart gestreept.'

'Nooteboom?'

'Nooteboom, ja. We waren aan het dansen, ik zei dat zijn das me beviel en hij deed hem af en hing hem mij om. Wat een literair einde als ik me daaraan zou verhangen.'

Hij lacht zijn hoge lach en zegt: 'Toch blijf ik het het allersaaiste kledingstuk vinden, al wil ik dolgraag tussen die mannen met al dat saais zitten… Vergaderen, notuleren, ik wil alles doen behalve tikken, want dat is wel erg lastig met die nagels. Op de zaak althans. Thuis heb ik er een oplossing voor bedacht.'

Hij loopt naar mijn bureau, neemt in beide handen, tussen duim en wijsvinger, een potlood en tikt met de stompe kant van de potloden op de toetsen van het toetsenbord.

'Hier, probeer maar eens.'

Ik neem de potloden over en tik.

'En?'

'Het gaat best,' geef ik toe.

'Op dat idee kwam ik vanzelf. Kijk, pianospelen met twee vingers is hopeloos, maar of je nou met twee vingers tikt – wat ik toch al doe – of met twee stompe dingetjes, dat maakt bijna niet uit.'

Meneer Colly, de kleermaker, overhandigt Molenaar een muts van blauw bont met een brede, geplooide steunrand van blauw suède.

'Zet die eerst maar op, zonder pruik denk ik,' zegt Molenaar.

'Oosters,' zeg ik.

'Anna Karenina,' zegt Maarten.

'Vossebont,' zegt Molenaar. 'Ik zet dat ook langs de mouwen van het jasje. Of heb je bezwaar tegen bont?'

'Ik niet,' zegt Maarten, 'maar Mensje wel, denk ik.'

'Ja, ik wel.' En lankmoediger dan ik meen (want ik minacht iedere totebel die een rijke of geile indruk wenst te maken door de resten van een gefolterd dier om te hangen) zeg ik: 'Maar je moet het zelf weten.'

De muts laat de oren vrij. Maarten trekt er een beetje aan, vraagt zich hardop af of de pruik er niet onder kan, zet de muts af en probeert het. Maar de muts is te nauw en blijft als een hoge doos op zijn hoofd staan. Ik kijk toe, samen met Molenaar, meneer Colly, en Margaret, een bekoorlijke assistente. En allemaal blijven we ernstig.

'In ieder geval moeten je bakkebaarden geschoren,' zegt Molenaar. 'En er moeten oorbellen bij.'

Hij pakt een paar grote, goudkleurige oorringen, maar vindt ze meteen ordinair.

'O nee, die andere zouden we nemen, die met de bergkristallen...'

Deze oorknoppen passen Maarten en de muts beter,

hoewel ik niet meer weet wat ik echt vind van het beeld dat ik heb zien groeien: in een witte broek, open schoentjes, groene blouse, blauwe muts en oorbellen. Zou het anders zijn als ik hem niet kende, nu binnenkwam en hem zag?

Meneer Colly overhandigt een wit katoenen jasje en Molenaar helpt Maarten het aan te trekken.

Meneer Colly zegt: 'Dit is een toile. Het heeft de snit van de blauwe jas straks, daarom passen we hiermee eerst. Deze stof is veel slapper.'

Molenaar zegt: 'Ik had je al gezegd, Abel: het gaat om een grote vrouw.'

'Ja,' zegt meneer Colly terwijl zijn ogen langs het witte jasje schieten.

'Wel schoudervullingen Abel, want hij heeft iets ronde schouders.'

'Iets rond ja.'

'Hier gaat wat af, Abel...'

'Ja.' Meneer Colly speldt.

'En hier een stukje uit...'

'Ja.' Meneer Colly speldt.

'En dit meer taille.'

'Ja, dit meer geknepen dus.' Meneer Colly speldt.

'Het moet geen queue de Paris worden. En er moet meer van de lengte af... En dan een mooie nauwe rok.'

'Ik dacht een gerende rok?' zegt meneer Colly.

'Nee, juist een koker.'

'Goed, ik weet het,' zegt meneer Colly en neemt de toile aan.

Maarten zet de muts af en de pruik op.

'O ja, Maarten,' zegt Molenaar, 'ik wilde je nog iets vragen in verband met mijn parfum. Zou jij zo goed willen zijn een stukje over geur te schrijven? Adèle heeft een tekstje nodig als ze het eerste flesje aanbiedt, begrijp je?'

'Dat is goed,' zegt Maarten, 'dat schrijf ik wel.'

Meneer Colly is nauwelijks vertrokken of Molenaar zegt: 'De jurk! Margaret, bel je even om te zien of Abel al terug is? Ach nee, laten we zelf even naar het atelier gaan. Kun je niet alleen die jurk van Adèle passen, Maarten, maar ook vast de nieuwe collectie zien.'

Een kleine, donkere bulldog begroet ons meer knorrend dan blaffend.

'Dag Coba, dag snoetje,' zegt Molenaar en het hondje kronkelt van blijdschap.

Molenaar wipt een wijde, beige, met beige bont afgezette jas van het rek langs de muur. Maarten trekt hem aan. Een voorpand loopt uit in een lange punt.

'De punt gaat over de schouder,' zegt Molenaar.

Maarten slaat de punt over zijn schouder en draait voor de passpiegel.

'Héél mooi.'

'Ik vind het zelf een dijk van een jas,' zegt Molenaar.

Maarten past een korte, blauwe jas, met blauw bont afgezet. En een zwarte van jersey, met zwart bont afgezet.

Ik bekijk de kledingstukken aan het rek. Er hangen mooie, eenvoudige dingen bij, prettige stoffen als wol, cashmere, zijde, maar ook bont, telkens weer dat bont langs de zomen. Moet dat nou?! zou ik wel willen roepen. En waarom dan? Voor de klanten? O ja?

Achter klinkt het lichte geratel van de naaimachine van meneer Colly. Zijn atelier is in de voormalige keuken.

'Ik zit hier heerlijk rustig,' zegt meneer Colly. 'Ja, ik heb het druk voor de show. Maar met plezier. Ik werk al vierentwintig jaar voor Frans.'

In de pasruimte stapt Maarten in de lange zwarte jurk van Adèle.

'De mouwen zijn te kort,' zegt Molenaar, 'maar daar zetten we dan wat bont langs.'

Hij trekt de lange rits op de rug dicht. De jurk spant om de heupen en de borst en wel zo dat Maarten er, ondanks de zijsplit tot hoog op de dij, nauwelijks in kan bewegen.

'Te strak,' zegt Molenaar. 'God, kijken of ik 'm uit kan leggen.'

'Hij is prachtig,' zegt Maarten. 'Maar afgezien van het feit dat hij te klein is, ik heb al een soortgelijke paillettenjurk. Jammer.'

Molenaar krijgt de rits niet meer open en roept: 'Abel! Abel!'

Meneer Colly schiet te hulp.

'Er zit stof tussen,' zegt hij, frunnikt even, en dan splijt de rits.

Over een week zal het blauwe pakje er zijn en moet er weer gepast.

'Zal ik jullie even wegbrengen?' vraagt Molenaar.

Maar hoe zijn schoentjes ook knellen, Maarten wil lopen. De Oranje Nassaulaan uit, de Willemsparkweg op.

'Bij het passen van die toile,' zegt hij, 'was ik als de dood dat er een speld in mijn protheses zou komen.'

Lachend steken we over, de Cornelis Schuytstraat in.

'Het was een mooie jurk,' zegt hij.

'Maar veel te krap, meer mijn maat denk ik.'

'Ja! Waarom neem jij 'm niet? Wie weet hoe prachtig hij je staat!'

'Dat is niks voor mij.'

'Juist wel! Ik zal Frans zeggen dat hij 'm vasthoudt voor je, zodat je 'm volgende week kunt passen.'

'Hou je op! Hier, à la *American Psycho*: ik draag een zwarte broek met gulp van Mulberry, een gestreepte trui van Agnès b. voor beide sexen geschikt, en een linnen jasje, sluiting zowel links als rechts, van Pauw. Ik weet wel dat jij het niet vrouwelijk noch mooi vindt en die platte schoenen vind je helemaal niks, maar ik wil niet in een jurk, ik voel me er niet plezierig in.'

'Het is niet eerlijk dat jij wel een broek mag dragen en ik geen rok.'

'Jij mag van mij een rok dragen hoor. Jezus, ik heb nog nooit met een vrouw zoveel over kleren geluld. Enfin, ik geloof dat iets sportiefs je het best staat. Deze pruik is ook beter.'

'Er komt een nog veel betere. Hoop ik... Ik wil namelijk toch wel erg graag een pruik van echt haar, en daarom ben ik bij een haarstudio geweest in Rotterdam om me er eentje te laten aanmeten.'

'Wanneer is hij klaar?'

'Zesentwintig september.'

'Te laat voor de show.'

'Voor de show wel, maar daar hoef ik toch al geen pruik op.'

'Hoe ging dat bij die pruikenman?'

'Eerst werd mijn schedel gemeten. Een uur later was er dan een kapje klaar dat ik moest passen. Daarna ging ik met Theo Zantman, dat is de eigenaar en een bijzonder iemand moet ik zeggen, naar de kelder om het juiste haar uit te zoeken. Dat haar wordt dan met het kapje naar Bali gestuurd waar ze de haren erin zetten.'

'Bali? Is dat haar dan niet oosters? Dat is mooi stevig haar dat je vast goed zal kunnen verven.'

'Nee hoor, Zantman beweert dat het Europees is.'

Ik zie een prent voor me, een prent van skeletten met haar aan hun schedel, dansend op een kerkhof.

'Hij vertelde dat het meeste haar van nonnen komt.'

'Nee.'

'En dat mijn haar waarschijnlijk van zuster Benedictina is.'

'Jezus Maarten, als dat toch eens waar zou zijn! Wat moeten ze daarboven wel niet denken? Jij met een roomse pruik: het is niet te geloven.'

Genen reinen vent

Afspreken dat hij om elf uur komt, betekent dat hij er om half elf is.

'Jij komt altijd te vroeg,' zeg ik.

Het ontlokt hem een lachje.

'Daarom spreek ik altijd een halfuur later met je af.'

Hij lacht nog eens.

'Vandaag ben je dus eigenlijk vijf minuten te laat.'

Nu lacht hij met een paar lange uithalen en zegt: 'Ach, laat mij toch mijnen goesting doen, just enen keer, anders bega ik een malheur!'

'Pardon?'

'Ik las het in een Vlaams boek. Het begint zo: "Potel niet aan mijn lijf Pontagnac, gij zijt genen reinen vent, gij!" En dan staat er: "Ach, laat mij toch mijnen goesting doen." Hahaha! En jij gaat straks die jurk van Adèle aantrekken. Ik heb Frans gezegd dat hij 'm voor je vast moet houden en dat zou hij doen.'

'Wat heb je nou gedaan?'

'Je hoeft 'm alleen maar te passen, just enen keer, anders bega ik een malheur.'

Nog geen minuut later speelt hij ernstig een sonate van Scarlatti. Om zijn pols draagt hij een smal gouden dameshorloge. Een licht accent dat contrasteert met zijn

wat sjofele kleren, maar ik kan het me moeiteloos voorstellen bij het uiterlijk dat hij straks zal hebben en denk
zelfs: het klopt, het past bij hem.

'Ik moet dit stuk overmorgen op een clavecimbel spelen,' zegt hij. 'Ik speel daar makkelijker op dan op een piano, maar het instrument raakt door mij wel meteen ont-
stemd.'

Hij heeft zijn scheergerei bij zich.

'Want hoe later ik me scheer,' zegt hij, 'hoe gladder, hoe
beter het is om de make-up op te doen.'

Ik neem een tijdschrift mee naar boven om hem een artikel voor te lezen waar we allebei nieuwsgierig naar
zijn.

Hij draait de kraan open en nat de scheerkwast.

'Kan het water niet heter?'

'Je moet even wachten.'

'Ik wil me zo heet mogelijk scheren, het moet pijn
doen.'

'Dwaas.'

Hij maakt het nog dwazer wanneer hij zich snijdt en
monter opmerkt: 'Raar hè, dat alles me pijn moet doen.
Het water moet zo heet zijn dat je je bijna verbrandt. En
dan het scheren, tot bloedens toe. Dat moet jij, die zo
vaak over bloed en messen schrijft, toch prettig vinden
om te zien.'

'Ik kan juist niet tegen bloed,' zeg ik en geef hem een
watje.

Na het scheren voltrekt zich het ritueel op dezelfde
wijze als de vorige keer. Ik lees het artikel voor en werp af
en toe een vluchtige blik. Het blijft verwarrend, ik voel
nog een zekere weerzin, maar de kwaadheid laat het af-
weten. Ik bemerk ook dat het me oplucht dat hij, dwars
door de roes die de metamorfose hem geeft, luistert naar
wat ik voorlees en reageert op de juiste momenten.

Hij staat met zijn billen naar me toe en bukt zich. Om

niet nog meer afgeleid te worden, scherm ik hem met het tijdschrift af en lees het artikel in één ruk uit.

We zijn het erover eens dat het een ondeskundig artikel is en dat het onderwerp nog minder deugt.

Hij is gekleed in een cirkelrok en trui van witte tricot, gekocht in een tweedehandswinkel.

'Ik zei tegen de verkoopster: "Ik denk dat mijn vrouw dat wel leuk vindt." "Dat is te groot voor uw vrouw," zei ze. En vervolgens zei ze: "Ik merk zelf ook dat ik bij het ouder worden steeds meer doe waar ik zin in heb."'

'Dat was aardig.'

'Ja hè?'

'Weet Hanneke over het blauwe pakje?'

'Ze wil er nu eenmaal niets over horen of van zien. Dat ik het stiekem doe, vindt ze niet leuk. Maar als ik zeg dat ik als dame iets ga doen, is ze óók ongelukkig. Dus wat kan ik anders dan stiekem?'

'En als ze erachter komt?'

'Dat vindt ze vervelend, maar het is net of het dan toch minder erg is. Misschien is het ergens wel goed dat er een grens is door haar.'

'Welke grens?'

'Dat ik niet altijd als vrouw rondloop. Ik voel me er weliswaar veel prettiger bij, maar het leidt ook af.'

'Werk je wel eens in vrouwenkleren?'

'Bij *De Kroongetuige* bijvoorbeeld, het was of ik me meer een vrouwelijke hoofdpersoon voelde.'

'Wat moet je dan wanneer je als personage een kleuter, een bokser of een stokoude vrijgezel kiest?'

'Het maakt ook niet echt uit. Bovendien kost het verkleden zoveel tijd. En Hanneke is te aardig, ik wil haar niet ongelukkig maken. Toch zeg ik wel eens tegen haar: Het is niet eerlijk, ik kook, ik doe van alles in het huishouden, dus waarom mag ik dan de rest niet?'

'Omdat ze met een man en niet met een vrouw getrouwd is, ook wat. Het zou best eens kunnen dat ze die vrouw in jou erger vindt dan de dierenarts, want met de laatste is het uit te maken, maar van die eerste kom jij, dus ook zij, nooit af.'

'Ja, ik heb het nodig.'

'Gij zijt genen reinen vent, gij.'

'Ach, laat mij toch mijnen goesting doen!'

Molenaar is er nog niet. We lopen heen en weer en bekijken nog eens kledingstukken, schoenen en sieraden.

'Dit zou Hanneke goed staan,' zegt hij bij een eenvoudig, zwart jurkje. 'Zelf vind ik deze jas toch wel erg prachtig.'

'En ik dit,' zeg ik bij het ontdekken van een grijs kostuum van soepele wollen stof.

'Ja... Ik zoek eigenlijk die jurk, maar ik zie hem nergens hangen, straks is hij weg.'

'Ik hoop het.'

'Ik niet, je moet 'm aantrekken, voor mij.'

Molenaar komt binnen met een vracht aan blauw suède over zijn armen.

'Hier is het dan.'

En Maarten: 'Ha, daar is het dan.'

De kleine bulldog komt naar me toe en ik aai haar grappige snuit. Haar baas gaat Maarten voor de pasruimte in. Van de plaats waar ik zit, hoor ik ze praten. Ik zie alleen Molenaar, maar na een paar minuten komt Maarten, in stralend blauw, te voorschijn.

Molenaar roept: 'Abel, kun je met de knijpers komen?'

Meneer Colly komt met de knijpers en de centimeter. 'De rug zit goed,' zegt Molenaar, 'maar hier opzij wat knijpen.'

Meneer Colly zet aan beide zijden een witte en een blauwe knijper en zegt: 'Schouderhoogte is goed.'

'Lengte is ook goed,' zegt Molenaar. 'Nu de rok. De taille, daar moet af.'

Meneer Colly zet de knijpers.

'Zes centimeter, meer dan de knijpers,' zegt Molenaar en legt zijn handen op Maartens heupen. 'Dit zit goed. Maar hij moet korter.'

Op handen en voeten kruipt hij om Maarten heen. Meneer Colly kijkt met het hoofd schuin toe. Ik zie dat Maarten geen panty maar kniekousjes draagt.

'Hier opzij ook iets weg, Abel, want daar blaast hij iets-je.'

Meneer Colly zet een knijper.

'En hier straalt het.'

Meneer Colly zet nog een knijper en zegt: 'Zo zit het prima hè?'

'Zo zit het perfect,' zegt Molenaar.

'Nou, mooi,' zegt Maarten die er, met de witte en blauwe uitsteeksels, uitziet als een moderne Sint Sebastiaan.

'Volgende week passen we de laatste keer. Dan is de visagist er ook en de fotograaf.'

In het witte tricot ensemble komt Maarten even later de pasruimte weer uit.

'En nu jij,' zegt hij tegen me. 'Nu moet jij passen. De jurk hangt hier achter, daarom zagen we 'm niet.'

'Ik doe het niet.'

Molenaar voegt zich bij ons en Maarten zegt: 'Denk je ook niet dat die jurk haar prachtig zal staan?'

'Dat is niets voor mij, toe!'

'Nee, je bent niet echt het type,' zegt Molenaar.

'Dank je,' zeg ik en wijs op het grijze kostuum aan het rek. 'Dat vind ik mooi.'

'Ja, maar dat is míjn pak,' zegt Molenaar verwonderd.

Hierop laat ik me door gelach en aandringen vermurwen en ga de pasruimte binnen. Trui uit, broek uit, waar is die jurk?

'Mooi ondergoed,' zegt Molenaar vriendelijk.

Hij houdt de jurk zo vast dat ik erin kan stappen. Al is

het opwaarts, het is of de jurk om me heen glijdt. Hij is ook aan alle kanten te ruim, er zou flink 'geknepen' moeten worden.

'O, wat staat je dat mooi! Wat staat je dat mooi!' roept Maarten achter me.

'Ja, het staat goed,' zegt Molenaar. 'Wat is je schoenmaat?'

Het komt in me op om er zesenveertig van te maken, maar ik zeg: 'Negenendertig.'

In de spiegel zie ik mezelf in het lange, zwarte, glinsterende gewaad. Het staat, ik zie' het wel. Maar er zin in hebben is iets anders. Ik stap in de zwarte pumps die Molenaar bij mijn voeten zet.

'O, wat staat dat mooi!' zegt Maarten nog eens opgetogen.

Ik doe een paar pasjes, het linkerbeen komt vrij. Met het spiegelbeeld heb ik niet zo'n moeite, maar lopen, omlaag kijken, de lap stof zien bewegen, het been uit die split... In gedachten zie ik mijn zoon en mijn vriend doen wat ik zelf doe: erom lachen.

Ik doe de schoenen uit en zeg dat ik erover na zal denken.

'Kan je 'm nog even vasthouden, Frans?' zegt Maarten. 'Volgende week wil ze 'm vast.'

Op de terugweg en thuis begint hij er telkens weer over.

'Nee,' herhaal ik.

'Als het te duur is, springt de bv wel bij.'

'Nee. Ik wil ook geen jurk van een ander aan.'

'Ik wel, ik wil juist graag iets aan wat door een vrouw gedragen is. Allebei in zo'n chique zwarte jurk, o, als ik daaraan denk... en dan gaan we samen optreden.'

'Nee. Waarom probeer jij niet eens een pak? Je hebt er geloof ik geen idee van hoe mooi mannenkleren kunnen zijn en staan en hoe lekker die kunnen zitten.'

'Dat interesseert me totaal niet. Dat is toch niet te vergelijken met zo'n jurk! Toe nou...'

'Nee. Ik voel me er, sorry, een travestiet in. Wat is het toch een rotwoord.'

'Vreselijk, ik heb er zo'n hekel aan. Ik voel me ook helemaal niet zoiets als "een travestiet". Maar dat jij dat zegt, jij die uit die schitterende collectie nota bene het liefst Frans' eigen pak zou willen aantrekken!'

'Heeft hij iets over je ondergoed gezegd?'

'Over mijn bh of kniekousjes? Nee.'

'Is dat al je ondergoed?'

Hij zwijgt en glimlacht. Waarom nou ineens die geheimzinnigheid over een blote kont? En waarom ìs hij daar in zijn blote kont gaan staan?

Ik zeg: 'Ik moet Aldo ophalen en om drie uur ergens zijn. Het is half drie. Als je je snel omkleedt, kan ik je nog naar het station brengen.'

'Ik moet om vier uur hier in de buurt vergaderen.'

'Wil je blijven?'

'Nou, als dat kan. En is het goed als ik mijn kleren dan hier laat, alvast voor de volgende week?'

'Zet maar in mijn slaapkamer. Als je weggaat, de voordeur op slot draaien en de sleutel door de brievenbus.'

Ik geef hem de sleutel. 'En niet aan mijn kleren zitten.'

'Ik heb het wel eens bij iemand gedaan bij wie ik logeerde, ik trok er bloesjes aan die ik haar later weer zag dragen, heerlijk.'

'Ik heb niks in jouw smaak.'

'En het is toch te klein. Je hebt zo'n fijne spiegel in die hal. Als je weg bent, ga ik daar lekker de hele tijd voor staan.'

Hij drinkt achter elkaar zijn glas bier leeg en zegt dat hij piano wil spelen.

'Mèt mijn lange nagels.'

Ik vraag hem 'Les barricades mysterieuses', die dodendans waar 'vivement' boven staat, weer eens te spelen.

Door de nagels kan hij het niet anders dan met gestrek-
te vingers. Het geeft de nodige haperingen, maar hij
speelt door. Hij houdt zijn hoofd precies zo gebogen als
toen het niet was aangekleed door pruik, make-up, extra
wimpers. En het is ontroerend om te zien hoe hij ook nu
de lippen tuit, alsof hij de muziek wil kussen.

Andere maten

'Nou begrijp ik het,' zegt mijn vriend, als hij Maartens tas in mijn kamer ziet staan. 'Al die mannen die je in het weekend over straat ziet gaan met die grote tassen...'

Het witte ensemble en de kniekousjes hangen over de tas. De hals van de trui is oranje door de pancake.

Hij komt die vrijdag met een volle fietstas en een plastic tas boven.

'Ik had zin in iets anders,' zegt hij. En een halfuur later staat hij voor de spiegel in gladde, zwarte rok, bleekgroene wollen trui met col en grijs gestreepte kousen.

Ik ga deze keer niet met hem naar de badkamer, maar lees het stukje over geur dat hij voor de lancering van Molenaars geurlijn heeft geschreven. Het vertelt dat het met het mannelijk reukorgaan na het achttiende jaar snel bergafwaarts gaat, en dat vrouwen – al zijn er schommelingen waar te nemen die afhankelijk zijn van de menstruatiecyclus – een tien maal betere neus hebben. Konden mannen de geur van hun zaad 'die enigszins lijkt op de geur van blauwsel dat vroeger in de was ging' tijdens hun puberteit nog ruiken, daarna is het voorbij. Vrouwen blijven in staat dat zaad te ruiken. Maar ook sokken. Vooral de vrijgezellensok: 'Een sok die voor een man nog niet geurt kan al een pestilentie zijn voor een vrouw.' Het stukje eindigt met: 'Wie een geurende eau de toilette voor mannen introduceert zal er daarom angstvallig voor zorgen dat dames high worden van de geur.'

De slotregel lees ik hardop voor wanneer hij beneden komt:' "Vandaar dat de eerste aan wie ik deze nieuwe eau de toilette, O.N. 13 van Frans Molenaar, aanbied, een dame is..." Die dame ben jij dus.'

'Dat ben ik. Goh, ik vond het een moeilijk stukje om te schrijven. Denk je dat het kan en dat Adèle het durft voor te lezen?'

'Om dat zaad? Waarom niet, juist misschien.'

'Ik heb ook het geld voor Frans bij me. Het is wel meer geworden dan die zestienhonderd, namelijk drieduizend.'

'Pak, muts, suède, blouse, schoenen, het zal wel kloppen.'

'En een tasje, maar dat is pas later klaar... Ik heb nog wat voor je om te bekijken.'

Hij reikt me een envelop aan. Foto's. De eerste foto geeft meteen die rare schok van verwarring. Ze snel achter elkaar – zwart-wit, klein, uitvergroot, op karton geplakt, en op elke afdruk het portret of figuur van een en dezelfde vrouw – zien, houdt die verwarring vast. Het eerste dat ik weet te zeggen, is: 'Ze zijn nogal verschillend.'

'Sommige zijn van ruim twintig jaar geleden.'

'Dat is te zien. Minirok. Plateauzolen. Wie heeft ze genomen?'

'De meeste heb ik zelf genomen met de zelfontspanner. Ik neem mezelf ook wel met video op, om te zien of ik het goed doe.'

Ik bekijk de foto's langer, beter, één voor één. Bizarre foto. Leuke foto. Potsierlijke foto. Treurig. IJdel. Hippie. Elegant. Met ingehouden adem. Griezelig. Vriendelijke jongen. Tijdsbeeld. Wassen beeld. Overtuiging. Verlangen, veel verlangen. Hunkering. Lodewijk de Veertiende. Elizabeth Taylor. Ik houd een foto op.

'Wat een stuk op deze.'

'Ja hè? En dat ik dat dan ben, dat vind ik wat.'

'De foto's waar je wat achteloos opstaat, zijn het aardigst. Op deze jongensachtige bijvoorbeeld.'

'Heb je die kleintjes gezien, die pasfoto's... O, dat was erg. Zie je hoe monsterlijk die zijn? Ik was naar een automaat bij Vroom en Dreesmann gegaan. Ik wist zo zeker dat ik er goed uitzag... En toen kwam dat eruit rollen. Zo afschuwelijk lelijk. Ja, lach jij maar. Ik was totaal ontgoocheld. Ik ben daarna naar huis gesneld. Nooit meer, dacht ik, nooit meer.'

Passen, passen, al dat passen. Voor we naar de Oranje Nassaulaan rijden, halen we iets op in de stad. Bij het Rijksmuseum zie ik een bekende en de bekende ziet mij en stapt uit. Ik stel hem voor aan mijn passagier.

'Maarten, dit is Vincent.'

Het stoplicht springt op groen.

'Kijk eens wat ik voor jullie heb,' zegt Vincent en legt vlug een affiche op mijn schoot. 'Vijf oktober, ik zorg voor de kaartjes, tot dan!'

'Vincent heeft al heel wat karweitjes verricht,' zeg ik. 'Wat is het deze keer?'

Met een half oog lees ik de grote letters: '"Spanning, sex en ware liefde. Incest, humor en sensatie... De Hellun Zelluf show". Dat is dat opgetuigde sprookje naast wie je bij Rur zat. Heb je ooit de *Gay Dating Show* op stadskanaal gezien?'

'Ik heb in Warmond maar drie netten.'

'Het is een kolderieke partnershow. Na één keer weet je het wel, maar misschien dat je er niet genoeg van krijgt als je net uit de provincie komt, homosexueel bent en dag en nacht geil. Deze keer is het zo te zien grootser op-

gezet, het wordt in De Kleine Komedie gehouden, twee voorstellingen. Zullen we ernaar toe gaan?'

'Misschien is het wat. Ga jij dan in die jurk van Adèle?'

'Nee, hou op.'

'Maar als je zo'n lijfje hebt, wil je toch zo'n jurk!'

'Hóu je op!'

'Weet je nog wanneer wij elkaar voor het eerst ontmoetten?'

'Ja, in de dierentuin in Wassenaar.'

'En weet je nog wat je toen droeg?'

'Vast een minirok.'

'Nee, je had een broek met luipaardmotief aan. Die zat net zo glad om je heen als die prachtige jurk.'

'Maarten, dat was in achttientweeënzeventig.'

Een jonge mannequin in een geel complet met geel bont langs de mouwen, draait zich in poses tegenover de fotograaf en lacht naar het fototoestel. Maar hoe sierlijk ook uitgevoerd, ze houdt het lege gezicht van een modepop en ze zegt geen woord, geen groet, niks.

De lange tafel is beladen met lappen stof, kledingstukken, een berg ritsen, grote oorbellen en armbanden, breder dan handboeien. Op het bureau detoneert een vaasje met slappe anemonen. Een meisje dat met naald en draad in de weer is, zegt: 'Frans komt zo beneden.' En tegen Maarten: 'Of u zich alvast wilt laten opmaken.'

In de pasruimte wacht de visagist, een zwarte jongen met stoppelig geschoren schedel, een pony van rastakrulletjes, en een rond brilletje.

Maar Maarten heeft het blauwe pakje en de schoenen ontdekt. Hij stapt in de schoenen (Molenaar heeft voor een half hoge hak gekozen) en begint zich uit te kleden. Een mannelijke assistent houdt een blouse van glanzende stof, bedrukt met lila, turquoise en blauwe bloemblaadjes, voor hem op. Hij is hoog gesloten, met een strik, en mouwloos. Maarten wil de rok aantrekken, maar Molenaar blijkt het pakje een andere panty te hebben toebedacht, dus gaat de grijs gestreepte uit en een lichtblauwe aan over de blote benen en billen.

Meneer Colly komt erbij staan en kijkt goedkeurend hoe rok en jasje het figuur passend omsluiten.

Ook Molenaar is in aantocht. Hij praat over een interview dat hij heeft gelezen voor het de krant in gaat. 'Een paar kleinigheidjes veranderd. Ik zei bijvoorbeeld: maak van Mies maar Sjaan en van X Y.'

'Fan-tas-tisch,' zegt hij als hij Maarten ziet.

'Ja,' zegt meneer Colly verguld. 'Het was een heel karwei, zùlke andere maten.'

'De blouse heeft geen mouwen,' zeg ik voorzichtig.

'Schat, dat moet wel, anders krijgt hij het veel te warm in dat jasje.'

'Ik heb het altijd héél vlug warm,' zegt Maarten.

Na Maarten aan alle kanten bewonderd te hebben, zegt Molenaar: 'Ga je even naar Clark voor de make-up? Dan kun je zo dadelijk op de foto. Voor de show moet ook je nek geschoren.'

'Geschoren ja, en dit,' zegt Maarten, met een wijsvinger op een bakkebaard.

'En we moeten ook je benen scheren. En dan wat pancake erop.'

'Wil je niet liever donkerder kousen aan?' vraag ik Maarten.

'Misschien wel.'

'Kan,' zegt Molenaar en haalt een donkerblauwe panty. 'Die kan wel over die andere heen.'

Onder de dubbele nylonlaag zijn de haartjes en aderen nauwelijks nog zichtbaar.

'In het interview in de krant staat dat Maarten, net als zijn pakje, gauloise-blauwe ogen heeft,' zegt Molenaar.

'Meer gitanes,' zeg ik, knikkend naar het doosje op tafel.

'Schat, dat zeí ik ook, maar nu staat er gauloise, nou ja.'

'Hier heb je het stukje over geur,' zegt Maarten. 'En het geld.'

Terwijl Molenaar leest, poetst de visagist de oude make-up van Maartens gezicht. Nieuwe lijntjes worden om de ogen getrokken en met donkere oogschaduw worden de oogleden bewerkt. Zorgvuldig wordt de huid met kwastjes en donsjes bepoederd. Desondanks ziet Maarten kans te zeggen: 'Kijk eens achter de spiegel.'

Ik kijk en zie de jurk hangen.

'Zet nou maar uit je hoofd.'

'En het stond zo mooi. Eindelijk zag ik eens een been van je.'

De mannelijke assistent helpt de mannequin in een jasachtig gewaad, roze schoenen en een hoed als een grote komma waarmee ze op de foto moet. Wanneer ze de pasruimte verlaat, zegt Maarten: 'Niet kijken als een meisje in ondergoed staat hoor, anders wordt ze verlegen.'

Tot slot moet de blauwe muts op.

Nog eens probeert hij of hij daarbij zijn pruik niet op kan houden, maar hij moet het bij de muts alleen laten. Gelukkig zijn er de oorbellen. 'Clips' noemt hij ze.

'Een heel goed verhaal,' zegt Molenaar. 'Dat zal Adèle prima voorlezen.'

Hij schikt wat aan de muts, en dan gaan we naar de voorste ruimte waar achter elkaar geflitst wordt.

'Even opzij!' zegt de fotograaf.

De kleine bulldog loopt door het beeld. Er wordt gelachen, maar niet door de mannequin die zich in diverse houdingen rekt en strekt om een gele cape tot zijn recht te laten komen. Als maar niet van Maarten verlangd wordt dat ook hij zijn tenen neerzet als de Pink Panther.

Maar nee, hij gaat buiten op de foto, zittend op Molenaars Jaguar Sovereign. Molenaar staat half achter hem, een hand in zijn zak. De fotograaf roept: 'Het is geen begrafenis!'

'Nou ja,' zegt Maarten en geeft een glimlach.

De wind blaast in de bonten muts.

Een vrachtwagen komt aangereden. De chauffeur buigt zich uit het raam van zijn cabine, zegt: 'Kan je ook zo'n prent van mij maken?' en geeft gas.

Binnen staat de mannequin in een kort jurkje voor de spiegel. Ze draait zich om. Midden op de borst is een kleine cirkel uit de stof gesneden.

'Ik heb een klant in Wassenaar,' zegt Molenaar, 'die een steen heeft van zeven ton. Ik zei tegen haar: ik heb precies het jurkje waar die steen voor is gemaakt.'

Maarten is gaan zitten.

'Willen jullie een broodje?' zegt Molenaar.

'Ik niet,' zegt Maarten. 'Als ik zo ben, is het anorexia.'

Hij blijft nog even zitten kijken naar het poserende model en kleedt zich dan om.

'Hoe voelt de confectie?' vraag ik wanneer hij in de zwarte rok en groene trui terugkeert.

Terwijl Molenaar opmerkt: 'Meer iets voor maandag wasdag,' zegt hij: 'Ook fijn.'

Op de terugweg komt het festival in Den Haag ter sprake, waar we zaterdagmiddag, op het Voorhout, zullen voorlezen.

'Misschien kan ik dan als dame gaan. Maar waar moet ik me dan omkleden? In motel Sassenheim misschien...'

'Het kan wel bij mijn moeder.'

'Ik denk niet dat ik het durf.'

'Vind je het jammer om je nu weer om te kleden?'

'Erg jammer. Te meer omdat Hanneke vandaag niet thuis is. Maar zo de trein in? Denk jij dat dat kan? Dan moet ik eerste klas. En dan nog, dan zit er altijd wel iemand dicht op je en die gaat dan zo kijken. Nee, dat wil ik toch niet. Dan moet er iemand bij zijn.'

'Misschien als we dit najaar in Leeuwarden voorlezen.'

'Zo'n eind?! Dat durf ik niet. Maar als ik nou toch naar Den Haag als dame durf... Nee... Midden op de dag, op zo'n openbare plek waar jan en alleman langs kan lopen...'

'Wat zou je daar doen als het regende?'

'O, dan heb ik niet alleen mijn paraplu, maar ook mijn regenjas, een mooie lange lakjas. Hoewel ik, toen ik het in Warmond uitprobeerde, meteen herkend werd, god-verdomme. Ik ging direct naar huis. Een paar spelende kinderen zagen me en een jongetje riep: "Hé, een verkle-de vent!" Dat was niet leuk. Maar die lakjas wel, die is leuk, die is heerlijk.'

Dag jongens

Adje S., eigenaar van een fitnessclub, weet niet wat hij zou moeten aanvangen als een travestiet naar binnen wil.

'Laatst liet ik twee meisjes binnen, ik zag dat het transsexuelen waren en zag er geen probleem in ze bij de les aerobic dansen toe te laten. Toen ik vanaf het balkon een kijkje nam, viel me wel op dat ze aan sommige oefeningen, bijvoorbeeld het gebaar van gewichtheffen, niet meededen. Maar een travestiet? Waar plaats je die? Die wil bij vrouwen, maar die vrouwen willen niet zo'n kerel die gratis op ze gaat zitten geilen.'

'En als hij er nou niet geil van wordt?'

'Klinkt als transsexueel.'

'Nee,' ontken ik ten stelligste.

'Zie je hoe moeilijk het is? In dit paradijselijk Nederland, waar voor alles en iedereen ruimte is en de minderheden vaak een voorkeursbehandeling mogen verwachten, is voor travestieten niet meer ruimte dan T en T van de NVSH. De jongeren in clubhuizen, de bejaarden in tehuizen, de travestieten in een zaaltje.'

'Op de eerste woensdagavond van de maand.'

'Erg toch? Luister, ik zat laatst met een oudere, maar vlotte homo te eten die nog voor een halfuurtje naar een

bepaalde bar wou. Die bar was niet ver van waar we zaten, maar hij moest eerst met de taxi naar huis om zich
om te kleden. Omkleden? zei ik, je ziet er heel goed uit.
Nee hoor, dat kon echt niet, hij moest zijn Ralph Lau-
ren-shirt toch echt eerst verwisselen voor een gewoon
spijkerhemd. Anders zouden ze hem mijden of nog erger:
uitlachen. Dat is toch ook raar? Maar zo vergaat het een
travestiet eigenlijk ook. Je kan hem wel verwijten dat hij
zo op uiterlijkheden valt, maar wat doet iedereen daar-
buiten dan?'
    'Ja Adje, we kijken naar de buitenkant.'
    'Altijd. We letten er zelfs op.'

Achter het podium op het Voorhout waar wordt opgetre-
den, is een tent voor de medewerkers. Er wordt koffie,
bier en limonade geschonken. Er is een chemisch toilet
waar er 'nog maar drie op zijn geweest'. Er staan een paar
prijzen, zoals Haagse hopjes, voor de winnaars van de
wedstrijd 'Plat Haags'. En er zijn medewerkers, waaronder een jurylid in smoking met één been, en twee juryle-
den, zwaar opgemaakt, gesierd door schitter en fluweel,
sieraden en zelfs een kroontje op de pruik. De een heet
Hans, de ander Koningin van de nacht.
    Maarten is zenuwachtig, het lijkt wel of hij voortdu-
rend beweegt. Hij vraagt iets aan Hans en de nachtkoningin, maar krijgt geen antwoord. Ze gaan geheel in zichzelf
op, reageren af en toe met een grijns en zeggen, als het niet
anders kan, twee, drie woorden. Maar ja, nee, of een knikje is waarschijnlijk ook wel genoeg om te jureren.
    Door de speakers klinkt het verzoek zich aan te melden
voor de wedstrijd. Mensen drommen samen tussen de
boekenstalletjes. Aanvankelijk is er weinig animo, maar
als de tweede spreker nauwelijks van ophouden weet, wil
de volgende. (Awwe, bgóódje, spògten, Vorhàt, gebòggen
op de Rèswekseweg.) Er wordt hem gezegd dat zijn tijd op

is. 'Nee toch?' roept hij. 'Hoe ken dat nà? Ik begon net te beginnen!' Zoals afgesproken lees ik, buiten mededinging, het vers 'Tony Tijger' (Tègger) voor. Het voordeel is dat de Haagse versie niet vijftig maar veertig seconden kost.

Wanneer de jury zich in de tent terugtrekt om te beraadslagen, besluiten we naar huis te gaan.

'Dag jongens,' zeg ik tegen Hans en de nachtkoningin.

'Jongens!' zegt Maarten, terwijl ik het geld voor de parkeerautomaat bij elkaar zoek en hem vraag of hij twee losse guldens heeft. 'Je zei "jongens" tegen ze.' Hij geeft me twee guldens. 'Dat waren toch geen jongens.'

'Ik zag jongens.'

Hij zwijgt, maar niet lang. We rijden langs de slagboom en hij roept uit: 'Wat ben ìk blij dat ik niet als dame ben gegaan!'

'Ik was bang dat je het juist betreurde.'

'Ik vond ze vreselijk, die twee! Met zoveel poeder, dat ordinaire… Als ik dat zie… Zo afschuwelijk als ik het vind, alles in me is ertegen.'

'Mensen kunnen zo ook naar jou kijken.'

'Ja.'

'Het is niet eerlijk. Hanneke ervaart het op die manier en je neemt het haar kwalijk en doet het toch weer.'

'Ja, ik begrijp het ook niet.'

'Hoe denk je nu dan over de show en je blauwe pak dinsdag?'

'Daar denk ik verder niet over. Het zijn die twee die me zo afschrikken.'

'Ze zeiden niks.'

'Maar dat is altijd zo! Dat is op die T-en-T-avonden ook. Ik kom er al zestien jaar en elke keer kom ik er gedeprimeerd vandaan. Ze praten nooit ergens over, ze zitten altijd maar zo en hebben niets te zeggen.'

'En als man?'

'Dan zijn ze eigenlijk net zo.'

'Het leek je zo aardig als meer mannen verkleed over straat gingen. En als een lelijke dikkerd dat nou wil?'

'Niet om aan te zien.'

'Er zijn toch ook mooie en lelijke vrouwen en alles wat daar in duizendvoud tussen zit? Jezus, wat oneerlijk. Je bent al in het voordeel, je bent erudiet, je hebt geld en je bent, laat ik het woord maar eens gebruiken, een kunstenaar, zodat je je heel wat kan permitteren. Je schuwt de publiciteit niet, vindt het soms zelfs lekker. Ik dacht dat je voor ze op wou komen.'

'Dat wil ik ook wel. Maar ik wil er niet zo uitzien als die twee.'

'Je denkt toch niet dat je als die oude filmster in *Sunset Boulevard* eeuwig jong en mooi blijft? Wat zou je eigenlijk liever zijn: een oude vrouw of een jonge jongen?'

'Een jonge jongen, maar... Ach, ik wil er gewoon aardig uitzien, een aardige oude dame... Die ene ging nog wel maar die nachtkoningin! Had jij daar dan geen moeite mee?'

'Nee, ik vond ze wel amusant. Kan het je veel schelen wat anderen van je vinden?'

Hij denkt na.

'Of vind je het belangrijker wat je er zelf van vindt?'

'Ja, wat ik er zelf van vind. Als ik er maar niet zó uitzie, want dan ben ik meteen genezen.'

'Stoten ze je af omdat je ze dom vindt?'

'Dom. En humorloos, daar kan ik niet tegen.'

'Misschien ook omdat je geen homo bent.'

'Zou kunnen.'

'God, wat gecompliceerd. En dat allemaal om een paar kledingstukken en een pruik.'

'Dick Hillenius zei dat we allemaal geconditioneerd zijn. Dat verklaart de aversie die travestie bij de anderen, de normalen, oproept. Hij heeft gelijk en hij had daarnaast recht van spreken, want hij verkleedde zich ook als vrouw. Wist je dat niet? Ik heb drie brieven van hem. In de eerste schreef hij dat we veel verschilden, maar dat er ook overeenkomsten waren. In de tweede dat we dezelfde smaak voor kleding hadden. In de derde ging hij op die kleding in.'

'En allebei bioloog.'

'Allebei bioloog. Een verschil was dat hij iets had met SM-praktijken waar ik absoluut niets van moet hebben.'

'En dat hete, bloederige scheren van je dan?'

Nu lacht hij weer en roept 'O!' alsof ik hem zou schokken.

'Dus we zijn allemaal geconditioneerd,' zeg ik, 'ofwel we kijken eerst naar de buitenkant.'

'Ja.'

'Jij ook. Ik zal je vertellen wat de eigenaar van een fitnessclub tegen me zei. Maar eerst iets over de middelbare school voor meisjes, waar ik naar huis gestuurd werd om een rok over mijn lange broek aan te trekken. Toen ik het de tweede keer had nagelaten, werd ik niet alleen naar huis gestuurd, maar kreeg ook straf. En bij de derde keer werd ik naar huis gestuurd met twee kaartjes voor een modeshow van de Bonneterie.'

In een buiteling van blauw

De show zal plaatsvinden in galerie Het Magazijn aan de Prins Hendrikkade.

'Via de ventweg, onder een poort door,' zeg ik. 'Het is me alleen een raadsel hoe er door alle bezoekers geparkeerd zou kunnen worden. Er is wel een binnenplaats, maar daar kunnen nog geen twintig auto's staan.'

Het raadsel is snel opgelost. Bij de poort staan een paar jongens in witte overall die de parkeerservice, vermeld op de uitnodiging, vormen, ofwel: Wij zetten hem voor u weg. Maar wel elders, want de binnenplaats is uitsluitend bedoeld voor de omwonenden.

Eén van die bewoners wordt de uitrit versperd door een busje van de catering. Hij houdt zijn handen stijf, de knokkels wit, om het stuur. De motor slaat af. Om hem heen gaat het sjouwen met kratten, dozen en apparatuur gewoon door. Hij start, weer slaat de motor af, en dan begint hij met trillende handen te toeteren.

Molenaar, gekleed in grijs kostuum met rode stropdas, begroet ons opgewekt. Hij haalt een vinger onder mijn kraag langs, zegt: 'Zoompje ook recht,' en gaat ons voor, door de galerie, waar, ter weerszijden van een plankier, rijen zwarte klapstoelen staan. We lopen om een wandje met een 'loergat' heen, langs meneer Colly die met een groot strijkijzer een dun, licht gewaad staat te strijken, en komen terecht in een smalle ruimte waar uiteenlopende geuren hangen: koffie, aceton, sigaretterook, haarlak. Hier wachten de hoeden, de schoenen en de rekken met de nieuwe collectie. Op sommige kledingstukken zijn papiertjes met namen gespeld. Saskya. Monique. Linda.

De ruimte loopt over in een keuken. Visagist Clark maakt een stoel voor Maarten leeg. Hij draagt een T-shirt, bedrukt met een renpaard waarvan de ledematen benoemd zijn: carrot, dos, genou, etcetera.

Maarten trekt zijn jack en overhemd uit. Zijn donkerblauwe onderhemd, dat hij binnenstebuiten heeft aangetrokken, houdt hij aan. Hij gaat zitten en buigt zijn hoofd. Ik zie het merkje aan de buitenkant van het hemd. En dan de zwarte hand van de grimeur die de nek begint te scheren. De behendige lange halen over de huid bezorgen me een rilling tot ver onder mijn eigen nek.

Rechts naast me wordt een meisje opgemaakt dat haar hart uitstort. Ze heeft haar 'relatie beëindigd. En het is niet meer terug te draaien. Het is heel erg alleen te zijn, gewoon. Maar nu ben ik wel zelfstandiger natuurlijk, eigenlijk.' Zo wroet ze nog wat door, terwijl bij Maarten heel secuur de pancake wordt aangebracht.

Even verderop staat een lange tafel vol make-up-artikelen, waaronder een doos met twintig kleuren lippenpommade, kammen, borstels, kaarten met haarspelden, potten crème, bussen haarlak, bekertjes koffie, thee en melk. Meisjes in ondergoed maken zich op of worden opgemaakt, wapperen hun vingers met de vers gelakte nagels, halen rollers uit hun haar, kammen het haar strak naar achter en binden het in knotjes.

'Wat voor lipstick neem jij?'

'Mooie: mat.'

'Ik gebruik zelf helemaal geen lippenstift meer.'

'Wie heeft het zachte kwastje?'

'Ik voel deze wimper niet. En deze doet een beetje pijn en ik zíe 'm niet.'

Er lopen ook een paar jongens rond met fraaie, ontblote bovenlijven.

Ik leun tegen het keukenblok. Kratten, serviesgoed, kleding, keukengerei. Een groot boeket paarse bloemen ligt op de grond. Maarten krijgt blosjes op de wangen gepoederd. Het lijkt me niet onprettig zo te zitten, met de bedrijvigheid en het gebabbel op de achtergrond.

'Welke rok? Deze of deze?'

'En waar zijn míjn kleren?'

Een meisje komt langs met een zak geschrapte, natte worteltjes. 'Het is mijn maaltijd, maar als er iemand eentje wil...?'

Een neger in een zwart pak met zwarte coltrui vraagt: 'Waar is de stofzuiger?'

Molenaar zegt tegen een jongen: 'Adèle moet om drie uur van de studio gehaald!'

Maarten zit met zijn ogen dicht, één ooglid al donker.

Het meisje naast me is nog niet klaar: 'Maar dat je erachter komt dat je gepasseerd wordt. Wat ik gewoon niet van mensen verwacht. Het gaat om jezelf, je eigen identiteit.'

Identiteit. Welja. Hoe staat het met de veranderende identiteit aan mijn linkerzijde? Wat is het in die inborst dat zo nodig aan de buitenkant zichtbaar moet worden gemaakt? Waarom kan dat niet verborgen en gekoesterd blijven? Of wordt er door aan de buitenkant zo'n verandering aan te brengen, iets gewekt? Daar zou eenvoudig achter te komen zijn bij mensen die zich nooit zodanig verkleed hebben. Wie weet wie het 'in zich' heeft. Voor wie of wat laat hij zich scheren (iets wat Hanneke niet zal ontgaan) en offert hij er zoveel tijd voor op? Is het louter ijdelheid? Doet het er wat toe? Hij draait me zijn opgemaakte gezicht toe en kijkt heel tevreden.

Hij gaat staan en zet zijn pruik op.

Een oudere vrouw die al een tijdje in haar onderjurk rondloopt, roept met een Goois geluid: 'God, wat énig die vrouwenkop op dat mannenlichaam!'

De bh, de vullingen. Het is of hij zich wapent. De visagist kijkt roerloos toe, de meisjes die hem zien, glimlachen. Hij trekt zijn broek uit en staat in een minuscuul, zwart slipje en op bruine sokken met grijze, aangebreide teenstukken. Om een been zit een verband.

'Heb je je bezeerd?' zeg ik.

'Nee, ik had last van spataderen.'

Er zijn sneetjes onder zijn knieën. Zelf dus zijn benen geschoren. Ik voel een steek door mijn maag.

Hij trekt de kousen aan en zegt: 'Waar is mijn pakje nou?'

Ik haal het van het rek.

Te midden van het gebabbel, voetstappen, het gesis van een spuitbus, een kraan die loopt, hoor ik hem neuriën. Als hij ook de pumps aan heeft, begint hij rond te lopen.

'Waar is de spiegel? Wat raar dat er geen spiegel is… Zo weet je toch nooit hoe je eruitziet…'

De ogen van de couturier bevestigen dat het ook anders kan. Molenaar draait de rok een fractie en knikt goedkeurend. Hij neemt de blauwe muts in zijn handen en Maarten zet de pruik af.

'Jullie gaan vooraan naast mekaar zitten om de show te zien,' zegt Molenaar, terwijl hij wat aan de muts schikt.

'Jammer dat ik niet met je mag lopen,' zegt een mannequin.

'Dat vind ik ook,' zegt Maarten. En tegen mij: 'Die was misschien nog wel langer dan ik!'

We kijken door het loergat. De rijen zitten vol, we zullen over het plankier naar onze plaatsen moeten lopen.

'Rechtop,' zeg ik.

'Rechtop. Je moet dat vaker tegen me zeggen.'

Hij gaat als eerste naar binnen en trekt ogenblikkelijk de aandacht. Met kalme passen loopt hij over het plankier.

Verbaasde gezichten, glimlachjes, een enkele hand waarachter gefluisterd wordt. Maar het opmerkelijkst zijn toch al die ogen die tegelijk op hem zijn gericht, waardoor ik me ineens realiseer hoe zijn azuurblauwe verschijning – als bij een wand vol televisieschermen – over al die netvliezen flitst in een honderdvoudige buiteling van blauw.

Bij de ingang staat een reusachtig model van het flesje dat Maarten straks als eerste zal worden aangereikt. *Europe* staat er slim op. De dop doet denken aan een van Molenaars hoeden, de punt opzij gedraaid. Maar Maarten zegt: 'Geïnspireerd op de fuut.' En dat is wat ook de informatiemap zegt: '... de kop van een zachtjes op het water deinende fuut, die zich keer op keer onderdompelt, gesteld als hij is op koele frisheid en helderheid.'

De dame met het Gooise geluid houdt een toespraakje over de 'geurlijn' die door Molenaar is bedacht en brengt de naam meteen internationaal: 'O.N. dertien, treize, thirteen, dreizehn... En omdat er tijdens het bezoek van Beatrix aan Japan een grote show zal zijn, wordt O.N. dertien in Japan gebracht als stankievoordankie.'

Er wordt her en der zowaar gelachen.

Het publiek bestaat voornamelijk uit vrouwen. Veel rode kleding, veel sieraden. Op de voorste rij zitten de oudste dames en de journalisten, de blocnotes op schoot, de zonnebrillen op het haar.

'En dan gaan we nu genieten van l'Hiver van Frans Molenaar!'

Fluitende vogels, een piano, een drum die losbarst.

'Wat een lawaai,' zegt Maarten.

De discodreun zet in en de eerste mannequins komen

zwierig op in zwarte jurkjes met col en op de rug een rits tot de zoom. Zwart zijn ook de dophoedjes, truien en schoenen. Het eerste kledingstuk in kleur is een gele cape. Jassen, jurken, rokken, blouses, broeken, lang of kort, met of zonder bont. In beige, geel, bruin, roestbruin, grijs, zwart. Met heupwiegend gemak wordt er voor onze neuzen gefladderd. Soms zwaait er iets wijds in het rond zodat er even een welkom koel windje waait. De warmte van het volle vertrek, van de lampen, van het blauwe pak dat toch meer voor 'l'hiver' is, Maarten heeft het er niet makkelijk mee.

'Ik wist niet wat ik zag van die Van het Hart,' zegt de mevrouw naast me dicht bij mijn oor. 'Geweldig! Gaat u vaak naar shows? Ik wel. Mijn man is pas dood, dus nu is het zeker goed dat ik ga.'

Trompetten voegen zich bij de discodreun. Maarten wipt zijn voet op de maat.

Mannequins in bruine, glanzende stoffen, als bonbons. Tweedpakjes. Eenvoudige zwarte pakjes waaronder een turquoise en een zuurstokroze blouse blijken schuil te gaan. De kousen worden lichter en de kleuren nemen toe. Paars, rood, roze. In de buurt van de reusachtige fles parfum lijken de meisjes soms kleurige, ranke kabouters.

Er valt er een. Een oorbel vliegt een paar meter verder.

'Oei…' zucht het publiek.

Nog twee tellen zit ze doodstil op handen en voeten, dan herstelt ze zich en loopt met een glimlach haar lus af.

Leren jurkjes, strak als badpakken. De jurkjes met de doorkijk voor die steen van zeven ton. Jurkjes met flappen, rozetten als grote donuts van zijde en fluweel. En tot slot het gewaad dat meneer Colly stond te strijken: een bruidsjurk. Onder applaus loopt Molenaar ernaast als de bruidegom, of nee, de vader, die hij van de creatie tenslotte ook is. Het paarse boeket wordt hem overhandigd.

De show is voorbij, de geurlijn kan gelanceerd. Een parfum dat zich volgens de informatie 'ontvouwt met frisse topnoten van Siciliaanse bergamot en Griekse mandarijn, versterkt door lavendel uit de Alpen en Sint Janskruid'. Het zijn niet de enige stoffen die het parfum bepalen. Ook 'een kruidig akkoord van gember en nootmuskaat', de 'sensuele tonen van patchoeli', sandelhout, vetiver en Joegoslavisch eikemos hebben hun aandeel. En in de basis blijkt het bouquet zijn houdbaarheid te ontlenen aan een combinatie van muskus en amber. Voor wie is dit tovermiddel, in een fraai gestileerd flesje, bedoeld? Voor de O.N. 13 man: 'Hij stevent vastberaden op zijn doel af, is zakelijk en sportief ingesteld, intelligent en beweegt zich even gemakkelijk in mannelijk als in vrouwelijk gezelschap, omdat hij zelfvertrouwen heeft. Het is een man die nadenkt over de dingen die hij doet en die evenwichtig in het leven staat. Zijn parfum is de finishing touch van zijn smaakvolle garderobe, of dat nu een op maat gesneden zakenkostuum is of een zorgvuldig gekozen vrijetijdsontwerp.'

Adèle is gearriveerd en leest – gekleed in een zwarte, soepel vallende jurk en een legging tot op de kuit – Maartens stuk over geur voor. Het is ingekort, de regels over de menstruatie-cyclus zijn geschrapt.

'... vandaar dat het eerste flesje naar een dame gaat!'

Maarten stapt op het plankier. Waar is het flesje? Het moet nog even gehaald. Er wordt op gewacht, ook door de fotografen. Maar daar komt het al, het flesje *aftershave*, en het wordt met een kus geschonken. Applaus. De fototoestellen flitsen: Adèle met Maarten, Molenaar met Maarten, en Maarten alleen in zijn unieke blauwe pak dat extra bijzonder is omdat het zowel een op maat gesneden zakenkostuum is als een zorgvuldig gekozen vrijetijdsontwerp.

Vier jongens in een rood, oranje, wit en blauw kostuum, dragen de reuzenparfumfles met de in dit formaat vervaarlijk ogende dop, over het plankier. Het gevaarte ontneemt ze het zicht en Molenaar roept bijtijds: 'Omdraaien en terug!'

Maarten gaat naar achter om de muts voor de pruik te ruilen.

Er is opvallend weinig in de blocnotes geschreven, maar op de binnenplaats waar drank en hapjes worden geserveerd, kwetteren en stribbelen de meningen.

'Het is te sìmpel.'

'Hij heeft geen kleurenkennis.'

'Het is zo sáái.'

'Het is juist mooi eenvoudig.'

'Het is conventioneel.'

'Het is zo dráágbaar.'

'Ik vind hem de beste van Nederland.'

'Absoluut.'

'Je kunt zien dat hij vrouwen haat.'

'Een lauw publiek,' zegt een assistente van Molenaar.

Ook Maarten krijgt het te verduren:

'Dat bloesje combineert niet.'

'Het is belachelijk qua blauw.'

'Had je geen andere hoed kunnen krijgen?'

Een vrouw op gezondheidsschoenen met dikke sokken raadt hem aan bewegingslessen te nemen.

Maar er zijn ook vrouwen die hem zeggen dat ze het leuk vinden dat hij meedoet, dat zijn pak mooi is en dat het hem staat. Hij luistert geduldig en zegt niet veel terug. Zijn duimnagel is losgegaan en hij verstopt zijn duim achter zijn vingers. Hij kijkt me aan: gaan we?

Ik knik. We excuseren ons bij twee dames met: 'Vanavond moeten we namelijk ook weer bij de show zijn.'

Een jongen van de parkeerservice haalt de auto op.

'Negen gulden,' zegt hij, zijn hand ophoudend.

'Allemachtig,' zegt Maarten als we wegrijden, 'négen gulden.'

'Wat moet jij, zonder auto, een hoop geld overhouden,' zeg ik. 'En dan wil je ook nog een leuke, rijke, Wassenaarse dame.'

'Ik heb ze niet gezien.'

'Naast me zat een weduwe.'

'Een weduwe... Ja, maar dat kan niets zijn, anders was die man wel blijven leven.'

Op tafel staan vier pizza's.

Ik snijd ze in punten.

Aldo zegt, van zijn oma naar mij en Maarten kijkend: 'Daar zit ik met drie vrouwen aan tafel.'

Is dit een raadsel? Nee.

En ja. Want Maarten eet twee pizza's op.

Ik zeg: 'Als dame heeft hij geen honger. Ra ra, waar laat hij ze? Daarnet zag ik hem ook nog flink van de hapjes grissen.'

'Verdorie, jij ziet ook alles.'

'Zou er nog een dessert bij kunnen?'

Zijn gulzigheid is groter dan de rijstpudding op zijn schoteltje.

Zo overtuigd als mijn moeder kan zeggen: 'Ik proef *koffie*,' en een uur geleden tegen hem zei: 'Jij bent *slank*,' zegt ze nu: 'Hij kan *eten*.'

Hij gaat nog een keer voor de spiegel staan, en dan moeten we alweer terug naar Het Magazijn, waar de visagist hem opnieuw onder handen moet nemen.

Het publiek 's avonds is enthousiaster. Er zijn meer mannen. Er hangt meer goud aan de oren, halsen en polsen van de dames. Er zijn ook meer gezichten uit *Glamourland* van programmamaker Gert Jan Dröge, die onlangs opmerkte dat Maarten de afdankertjes uit de garderobe van Vanessa had overgenomen.

Tegenover me zit de Japanse ambassadeur met zijn vrouw. Bij het toespraakje van de dame met het Gooise geluid denk ik: ze zal het toch niet wagen... Maar ze herhaalt het met hetzelfde aplomb: '... wordt O.N. 13 in Japan gebracht als stankievoordankie.'

De ambassadeur en zijn vrouw houden het gezicht strak en er is niemand in de buurt die het voor ze vertaalt, al wordt er gelachen. Een actrice lacht zelfs gul, zodra ze merkt dat de man met wie ze is, zich erom vermaakt.

Het is of de warmte zich op die van vanmiddag stapelt. In straaltjes loopt het zweet onder Maartens muts vandaan. De hoedenmaker, een charmante heer, zit achter ons en geeft zijn zakdoek, die zo wit en zo glad gestreken is als zijn kapsel. Maarten dept er zijn nek en voorhoofd mee en wanneer de hoedenmaker de zakdoek terugheeft, fluistert een dame hem toe: 'Bewaren hoor, Vos, hij is nu geld waard.'

Adèle wordt toegejuicht. Voor ze Maartens stuk voorleest, zegt ze dat de tekst van mevrouw 't Hart is. Desondanks wordt deze keer ook de passage over de geur van mannelijk zaad achterwege gelaten.

Het eerste flesje wordt Maarten weer overhandigd. En de reuzenfles, bedekt door een grijze doek met op de top een rood-wit-blauw lint, wordt onthuld.

Maarten wisselt snel van muts naar pruik. Een glas wijn drinken is hem meer dan genoeg, hij is moe, hij wil naar huis.

Op de binnenplaats is de drukte van een heel andere orde. Enkele omwonenden zijn in opstand gekomen en schreeuwen dat het allemaal een schande is. Andere buren kijken geamuseerd naar de dames en heren die naar buiten komen en nog niet weten wat er aan de hand is. Dat blijkt al gauw genoeg voor de poort, waar een sleep-

wagen een Mercedes aan de haak heeft. Twee mannequins, in spijkerbroek, op flatjes, de haren geföhnd, kijken naast hun fiets toe. Het is niet de enige wagen die
straks voor heel wat meer dan negen gulden kan worden
opgehaald op het tochtige terrein achter het Centraal
Station.

Op het perron van Station Zuid staan de fietstas, de don-
kerbruine tas en twee plastic tasjes. Uit een tasje van een
winkel voor kinderkleding steekt een punt van de blauwe rok.
    'Die hitte, dat transpireren, dat is waar ik zo doodmoe
van word. Ook als ik in de tuin werk en transpireer.
Want in de kou kan ik uren werken. En dan al die mensen die naar je zitten te kijken, terwijl je zelf niets kunt
doen. En in die kleedkamer, die rook, dat domme gepraat
van zo'n meisje dat "helemaal zichzelf" wilde zijn!'
    'Dat je dat hoorde, terwijl je ondertussen zo lekker
werd vertroeteld.'
    'Vertroeteld. Ja, maar dat hoor ik toch wel. Gelukkig
was er ook nog een aardig meisje. Marianne. Ze had een
boek bij zich waar ze een handtekening in wilde... Ik ben
vergeten haar telefoonnummer te vragen.'
    'Gelukkig, het is weer zo ver.'
    Hij lacht en drukt me onhandig tegen zich aan.
    'De laatste keer dat ik hier zo laat stond, was na een le-
zing. Toen wilde een meisje me naar het station brengen.
Op de roltrap begon ze me opeens te omhelzen. Ik miste
de trein. Ik moest een kwartier wachten, terwijl ze me
maar bleef omhelzen en zoenen. Weet je wat ze zei? Ze
zei dat ze al jaren van me hield.'
    'Wat heerlijk voor je. En daar komt ook je trein.'

Zeven lagen tule

Het is kil, over de velden bij Warmond hangt een damp.

Het rood-witte paaltje, vooraan het doodlopende pad dat naar Maartens huis voert, is van het slot gehaald en opzij gelegd.

Als dame zal hij me opendoen, en dan zullen we koffie-drinken en zijn garderobe bekijken. Zal ik zeggen: 'Goedemorgen mevrouw'? Of zeg ik het juist niet? Het is nog zo vroeg. Ik parkeer achter het huis. Wat zal hij dragen? De witte broek? De zwarte rok? Vermoedelijk niet het blauwe pak.

Ik hoor zijn hondje Doeschka blaffen en verwacht dat ze allebei achter de deur staan, maar ineens zwaaien de grote deuren van de vroegere garage open.

Wat ik het volgende moment te zien krijg, zal ik mijn leven lang niet vergeten.

Daar staat een bruid.

In een wolk van witte tule, blond, lieflijk.

Ik ben zo verrast, zo overrompelend verrast, dat het is of er niets is dan mijn ogen en dat beeld, dat stralende, groteske beeld.

Het lichaam keert terug op aarde. Ik loop, ik hoor mijn eigen stem zeggen: 'Wat doe je nou...'

'Dat had je niet verwacht hè?'

'Nee,' zeg ik uit de grond van mijn hart, 'dat had ik nooit verwacht.'

Hij kijkt trots, en terecht dat hij trots is op zijn perfecte verrassing.

Dat eerste moment. Als een duveltje uit een doosje, als het weervrouwtje. Nee. Als een ouderwetse poppenkast waarvan de fluwelen gordijntjes plotseling openschuiven. Welnee. Als het ergens iets van had, was het van de figuren uit een sprookje, die klokslag twaalf uur uit het deurtje van een oude toren komen om op de klanken van een carillon een rondje te draaien. Maar dit was geen figuur van hout of brons. Lourdes, Bernadette, de zoetig getekende Mariaverschijningen, ja, ook daar leek het op. Op een wonder.

Hij staat me vreemd vaag aan te kijken en geeft me een moment het gevoel dat ik daar als man sta. Ik kan niet helpen dat ik moet lachen, maar weet tegelijkertijd te zeggen dat ik het fantastisch vind.

Samen met Doeschka loop ik achter de ruisende jurk aan. Kijkend naar de gladde witte rug en de rimpeling van de vracht tule in de taille, herinner ik me hoe ik een keer werd meegenomen naar een vreemde bovenwoning, waar een reusachtig aquarium stond en waar de aanstaande van een oom woonde. De aanstaande tante riep: 'Mennie, kom eens even. Ik wil weten of je mijn bruidsjurk mooi vindt.' Ik ging de vreemde slaapkamer in en daar lagen ze op het bed: twee jurkjes, voor mijn zusje en mij, van een zeegroene, glanzende stof, met nopjes die glommen als zilver. Bruidsmeisjes. We waren uitverkoren.

En het 'bruidje van Jezus' toen ik ouder was. In een jurk van witte organza, witte handschoentjes, witte kniekousen, een haarband met rozetjes, en om de stijf gehouden arm een tasje van dezelfde stof waar het missaal en het bidprentje met 'Ter gelegenheid van je plechtige commu-

nie' in waren opgeborgen. Deftige gouden oorringetjes had ik gekregen en een horloge met een 'echt laagje van veertien karaat'. Ooit lag ik 's nachts wakker, met de gordijnen open, om in het maanlicht de nieuwe lakschoentjes te zien. En de tutu met het satijnen bovenlijfje moest aan een haakje aan de buitenkant van de kast hangen.

Het zien en aanraken van de tulen bruidsjurk roept herinneringen op, maar brengt niet de betovering terug. Een rare stof is het: meters lege cellen.

'Hoeveel lagen heeft de jurk?'

'Zeven lagen,' zegt hij en trekt de rok wat op. 'In de onderste zit een hoepel, daardoor blijft hij zo wijduit staan. Ik heb 'm vorig jaar gekocht in een tweedehandswinkel. Ik was al eens eerder naar een bruidswinkel gegaan. 'We hebben een jurk nodig voor een toneelstuk,' zei ik. 'Heeft u misschien een uitverkoopje?' Maar die verkoopster was zo ontoeschietelijk dat ik weer ben weggelopen. In die tijd speelde het idee om voor de verjaardag van Karel van het Reve Tsjechovs stuk *De Bruid* op te voeren bij mij thuis. Het was Eva's idee. Ik zou dan de bruid spelen. Jammer dat die festiviteit hier toen niet doorging, maar door dat idee kwam ik uiteindelijk wel bij die tweedehandswinkel voor bruidsjurken terecht. Als ik langs die winkel liep, zag ik daar altijd meisjes die jurken passen. Daar kon ik dus niet tussen gaan staan. Daarom ging ik op een zaterdagochtend, meteen toen de winkel openging. Er was toen niemand, behalve het echtpaar waar die zaak van is. Ik zei tegen de vrouw dat ik een jurk zocht voor een stuk van Tsjechov en ze ging naar de kelder om er een te halen. Haar man zat de krant te lezen en ik sprak ondertussen met hem over voetbal. Zijn vrouw kwam terug met de jurk, hij zat meteen goed. Ik heb er vijfhonderd gulden voor betaald. Dat is niet duur hè?'

'Na de haute-couture. Bovendien draag jij 'm meer dan één keer.'

'O ja. Het is de top, de absolute top van alles wat je aan kunt trekken. Het zit zo heerlijk, voelt zo heerlijk, en dan dat ruisen...'

Een bruid die met lange, witte handschoenen koffiezet. Hoe bizar het ook is, het doet huiselijk aan. Misschien omdat hij er zo kalm onder is en zijn handelingen – water opschenken, koppen klaar zetten – routinematig zijn. Misschien ook omdat Doeschka even aanhankelijk als vrolijk in de buurt blijft.

'Laten we maar naar boven gaan. Anders ziet meneer Peet me. Ik heb hem een lapje grond gegeven in ruil voor een beetje groente. Hij komt iedere dag langs.'

'En heeft hij je dan nog nooit anders gezien?'

'Eén keer. Ik riep uit het raam: "De geit is los!" Het moest wel, want het was zo. Toen heeft hij me gezien, maar hij vertrok geen spier. Als Hanneke op reis is, ben ik soms hele dagen dame. Maar ik doe dan voor niemand open, niet voor de meterman, niemand. Maar ja, kennelijk wil ik er toch wel mee naar buiten.'

Hij tilt het dienblad op.

'Wacht,' zeg ik en leg de cake die ik heb meegenomen op het blad. 'En laat mij het maar dragen, dan kan jij je rok ophouden als je de trap op loopt.'

Boven gaat hij in een roodpluchen leunstoel zitten, de jurk gespreid over de armleuningen. Doeschka strekt zich uit op de legergroene slaapzak die op een matras tegen de muur ligt.

Ik zeg: 'Welke kop wil je?'

'Welke denk je?'

Ik kijk en zie nu pas dat een van de koppen een feestkop is, met de kop van de koningin erop en: *Beatrix* 1980.

Hij geniet. Hij slaat zijn benen over elkaar en kijkt hoe de tule valt langs zijn enkels.

Een zwart, elektrisch scheerapparaat is het enige voorwerp op de console van de wastafel. Voor het raam staat een bolle cactus. Op de tafel liggen een paar cd's, wat papers en boeken. *Deutsche Gedichte. Atlas der gehele aarde.*

We praten over een boek. Onderwijl gaat hij voor de spiegel staan, ademloos lijkt het, en dan loopt hij weer terug naar zijn stoel. Het gesprek springt van het boek op de pruik die donderdag klaar zal zijn, Mozarts *Don Giovanni*, een man die alles van molens weet, het verschijnsel van de oude man die een kind verwekt, de cactus op de vensterbank.

'Die heeft Hanneke daar neergezet. Ik hoef geen planten in huis, ik geef dat ding zelfs geen water.'

Opnieuw loopt hij naar de spiegel.

'Het is gek, maar het heeft ook met doodgaan te maken... Ik zou zo in mijn kist willen. Het geeft me het gevoel altijd te blijven leven.'

Op de zolder staan boeken, wat oude meubels, dozen, een bed, het expansievat voor de centrale verwarming, een paar grote pantoffels. Het is er licht, op de hoek achter het trapgat na.

In die duistere hoek bevindt zich de garderobe. De kleding hangt aan een lange stok, eens bedoeld als trapleuning. Ik herken enkele kledingstukken en schoenen.

'Kijk eens.'

Hij heeft de blauwe muts op zijn pruik gezet. De muts is dan ook gehalveerd tot een bontrand.

'Dat onderste gedeelte zat maar met een paar steekjes vast. Dit staat beter hè?'

'Het staat beter.'

Hij tilt een koffer op het bed en licht het deksel. De inhoud bestaat uit pruiken in diverse modellen en kleuren, kousen, handschoenen, een zwarte bh, damestasjes. Er kleven haren aan de kousen. De pruiken voelen stug aan. Een pruik hangt half over de rand van de koffer. In ge-

dachten zie ik het ding van zijn plaats schuiven, het bed af, de vloer over, de trap afglijden, tree voor tree.

Hij trekt de bruidsjurk uit. Eronder komt een wit T-shirt te voorschijn.

'Tegen de beharing,' zegt hij.

Hij trekt een andere panty aan. Voorop zit een gat. Alsof hij het gewoon vindt in deze staat te verkeren, loopt hij rond. Ik denk aan wat de te vroeg gestorven (en ook door Maarten bewonderde) schrijver Loesberg in zijn *Mouches Volantes* schreef: 'Men moet toch wel behept zijn met een bizarre sexuele afwijking om met Maarten 't Hart naar bed te gaan.' Zou hij het zo onbelangrijk vinden dat hij gewoon maar doet of het er niet uitwipt? Hij heeft het zelf wel eens beschreven als 'knullige aanhangsels'. Ik voel toch weer even die mengeling van spijt en afkeer, maar wens er verder niet over te piekeren.

Hij zal telkens iets eenvoudigers aantrekken. Eerst de paillettenjurk die hij op het boekenbal droeg.

'Ik denk dat Molenaar die jurk van Adèle nog steeds apart houdt hoor.'

'Nee,' zeg ik.

'Maar ik wil 'm zelfs voor je betalen!'

'Nee.'

Het volgende gewaad is een lakjurk, die strak als een worstvel om hem heen zit, met onderaan een strook die knispert als hij zich beweegt.

Ik trek ritsen dicht en open, voorzichtig, opdat er geen haartje tussen komt.

Een lichtblauw leren jasje, een blauwe blouse, een jasje van roestbruin imitatiebont. Het is als bij een prentenboek, waarin een figuurtje door met kledingstukken bedrukte pagina's die in horizontale stroken zijn gesneden, wordt bedekt. Van bibliothecaresse tot nachtclubzangeres, van tuttig tot hoerig. Soms valt de combinatie zo uit dat hij, in weerwil van de protheses en het verbergen van

de beharing, iets van een *drag queen* heeft.

Voor een beschadigde spiegel, die op een metalen archiefkast staat, zet hij andere pruiken op. Hij trekt ook andere schoenen aan. Ik probeer een paar met naaldhakken. Niet alleen zijn ze te groot, er valt ook uitsluitend op te strompelen, zo hoog zijn de hakken. De laatste keer dat ik zulke hakken zag, was in Parijs. Twee kleine vrouwen liepen er met gemak op heen en weer voor de donkere etalage van een grafbloemenwinkel in Montparnasse. Ze droegen lange bontjassen, hun lippen waren rood en ze waren zeker zestig.

De verkleedpartij eindigt bij een groene, zijden blouse.

'Die zit ook lekker.'

Hij trekt er zijn lakjas over aan.

Ik zeg: 'Wil je naar buiten?'

'Vreselijk graag. Ik heb al gedacht: laten we naar de Biesjes gaan. Dan kan ik Eva ook vragen of ik me daar kan verkleden voor we donderdag naar Rotterdam gaan voor die pruik. Want het lijkt me wel beter voor het geheel als ik dat als dame doe. Maar al heb ik een groot huis, hier kan ik me niet verkleden, omdat Hanneke die dag thuis is. En de werkster is er ook. Ik zou het graag willen, maar ja, het is nu eenmaal niet zo... Ik, eenzame bruid.'

'Ho ho, je bent al getrouwd.'

'Ja, dat is waar. Zullen we dan nu maar naar ze toe gaan? Ik zal eerst even bellen om te zien of het uitkomt.'

Het is tien meter van het huis naar de auto, maar hij zegt: 'Als meneer Peet maar niet net aankomt en me dan ziet. Kun jij even kijken of hij er al is? Dan moet je kijken of aan het eind van het paadje een fiets staat.'

Ik loop het paadje af en zie een degelijke herenfiets staan.

'Ja, hij staat er.'

'Dan kunnen we gaan, want vandaar kan hij me niet zien. Ik heb Eva niet gezegd dat ik zo ben, maar Eva heeft me al eens gezien als mevrouw Kegge. Ter gelegenheid van het honderdvijftigjarig bestaan van *Camera Obscura*, hebben Bies en ik toen een bankje op de Burcht in Leiden ingewijd. Bovendien was *De Bruid* Eva's idee. En Bies houdt zelf van damesondergoed.'

Op het land naast de dijk staat een man hoge, rode bloemen af te snijden.

'Ziet hij me?'

'Ik geloof van niet.'

'Kijkt hij nog?'

'Hij keek heel even en zag toen twee bezoeksters bij jou vandaan komen.'

'Ik ben een keer met Pasen zo naar de Biesjes gefietst. Op de terugweg ging in Warmond de kerk uit. Honderden mensen liepen er, en daar moest ik tussendoor! Maar ik heb er niets over gehoord. Zie je daar de Rabobank? Daar is een paar dagen terug een overval gepleegd door twee mannen met bivakmutsen. Ze willen niet zeggen hoeveel er gestolen is. Ja, omdat het zo dichtbij is, staat mijn geld er ook op.'

In Leiden zegt hij: 'Op deze weg blijven. Over honderd meter komt de winkel waar ik mijn bruidsjurk heb gekocht.' De winkel ligt op een hoek en er staat op geschreven: BRUIDSHOEK.

'Bij de volgende straat afslaan.'

'Verboden in te rijden.'

'O, als fietser mag het wel.'

Ik sla de straat erna in, langs een autosloperij, door een stel armoedige straatjes.

'Waar zijn we nou,' verzucht hij.

'Echt een vrouw die de weg niet weet.'

'Ja, dat zeggen ze, dat vrouwen vaak de weg niet weten.'

'Hoe moeten we nu?'

'Ga maar naar... rechts.'

'En nu?' vraag ik bij een kruispunt, waar we al tien seconden stilstaan zonder dat hij het merkt.

'Eh... rechts.'

'Moet je daar bij nadenken?'

'Ja, altijd. Er is één ding dat ik uitsluitend en vanzelf met mijn linkerhand doe: in mijn neus peuteren. Dat komt omdat ik dat als kind deed en het niet mocht. Om het me af te leren, bonden mijn ouders, als ze het zagen, mijn linkerhand op mijn rug. Haha! Alsof je het daardoor afleert!'

'Ik vind het nogal zielig. Arm jochie. En verkleden mocht je je ook al niet.'

'Nee, dat was jammer.'

'In *Wapenbroeder* schrijf je daar ook treurig over. Je zag kinderen verkleed als Doornroosje of negerinnetje, maar je mocht niet eens als cowboy of kabouter.'

'Dat vond ik heel erg, want ik wou zo graag.'

'De hoofdpersoon in het boek verkleedt zich als vrouw. Hij kan zich niet losmaken van het beeld in de spiegel; enfin, dat komt me wel bekend voor. Maar hij fantaseert ook over een operatie, en hij zou willen trouwen met een sterke man.'

'Hij krijgt genoeg weerwoord. Bovendien is het fictie.'

'Hij is ook homosexueel.'

'Daarom, het is fictie.'

'Hoe nu?'

'Links.'

'Het homosexuele is in het verhaal heel geloofwaardig.'

'Ik deed het ook om die travestie geloofwaardig te maken.'

'De erotiek, die je in je andere boeken moeizaam afgaat, ook bij de dierenarts, lukte je hier wel.'

'Maar ik ben niet homosexueel.'

'De scène van de twee jongens onder de douche is zelfs prikkelend.'

'Prikkelend. Ja, die kon ik me wel voorstellen. Er was een jongen in dienst die ik aardig vond. En hij mij, hij wilde dat ik bij bivak in zijn tent sliep. Maar er gebeurde niks. Ik dacht toen wel: jeetje, zou ik? Maar nee, ik ben het niet. Nu moet je rechtdoor blijven rijden.'

'Ik weet het, ik zie de watertoren.'

Ook midden op de dag is het schemerig in het houten huis van de Biesheuvels. Enkele schemerlampen branden. Biesheuvel rookt een pijp. De katten sluimeren. Een kat bij het raam, twee katten op de tafel, een kat op een kastje, een kat zo dicht onder een lamp dat ik in gedachten een schroeilucht ruik. Een grijze kat nestelt zich op mijn schoot. Op de salontafel staat koffie.

'Er is hier de hele dag koffie!' zegt Eva. Ze zegt het luid, omdat het in de kamer een herrie van belang is, zo vreselijk als Kippie, de hond, tegen Maarten tekeergaat. 'Ssst! Stil! Hou op!' roept Eva.

Op haar schoot liggen twee katten, maar ze ziet kans de hond naast zich op de bank te trekken en hem bij zijn halsband te houden.

'En nou stil blijven hoor!'

De hond gromt. Een verdieping hoger klinkt het geraas van de stofzuiger.

'Kippie houdt niet van mannen,' zegt Eva.

'Nee,' zegt Maarten. 'Hij kijkt dwars door mijn vermomming heen.'

Kippie begint weer hard te blaffen.

'Hou op! Stil nou toch!'

Maarten durft nauwelijks naar de hond te kijken.

'Zo is het genoeg,' zegt Eva en houdt haar hand om Kippies snuit.

Maarten vraagt of hij zich donderdagochtend kan komen verkleden. 'Ik heb een pruik laten maken in Rotterdam en die is dan klaar. En het lijkt me voor het geheel beter om daar dan als dame te komen.'

'Dat is goed,' zegt Eva. 'Als ik er maar geen moeilijkheden met Hanneke over krijg.'

Biesheuvel die, trekkend aan zijn pijp, zwijgend naar Maarten heeft zitten kijken, zegt: 'Als ik een vrouw zou willen zijn, zou ik echt een vrouw willen zijn.'

'Ik zie er toch wel goed uit?'

'Ja hoor, maar je bent Maarten, Maarten met een pruik op.'

Boven stopt het geraas van de stofzuiger.

'De werkster krijgt ook nog koffie,' zegt Eva.

'Wat zal ze wel niet van mij denken als ze me zo ziet?' zegt Maarten.

'Ze weet ervan, ik heb het al gezegd. Ik ben zelf ook wel eens in travestie.' Ze kijkt lachend naar Biesheuvel. 'Dan heb ik een pyjama van hem aan. Met gulp.'

Een stevige vrouw stapt de kamer binnen, geeft mij een hand, geeft Maarten een hand en zegt: 'Waar je maar zin in hebt.'

We lachen en Maarten lacht het hardst.

'Ja, je bent toch een man,' zegt de vrouw.

'Maar als ik dit nou prettiger vind?'

'Tja, dan moet het maar.'

Eva schenkt koffie in en de hond ziet kans zijn geblaf luidkeels te hervatten.

'Hou op Kippie! Hoe laat kom je donderdag, Maarten?'

'Om kwart over negen?' roept Maarten boven het geblaf uit. 'Als dat niet te vroeg is?'

'Dan ben je hier dus om negen uur! Als je niet ophoudt ga je de kamer uit!'

'En dan rijden we hier om kwart voor tien weg!' Hij kijkt mij aan en ik knik. 'Desnoods verkleed ik me in de tuin,' zegt hij, met een schuin oog naar de hond.

Ik veeg een piek haar die voor mijn ogen hangt weg, maar het blijkt een spinnetje met draad en al.

'Ze willen ook allemaal op jou kruipen,' zegt Maarten.

'Een spin?' zegt Eva. 'Het wordt herfst.'

Van de Biesheuvels afscheid nemen lijkt altijd een beetje op de 'good byes' uit Laurel en Hardy's *A perfect day.*

'Dag!'

'Dag!'

'Ja, dag!'

'Tot donderdag!'

'Tot donderdag!'

'Nou dag!'

'Dag hoor!'

Tot we wegrijden en alleen nog kunnen zwaaien.

'Wat die werkster zei,' zegt Maarten, 'hoor ik toch liever dan dat iemand zegt dat ik er goed uitzie zonder het te menen.'

'Dat merk je dus toch, hoewel je graag complimentjes krijgt.'

'Ik geloof van wel.'

Hij laat me rijden langs een vaart met woonboten. Boten waarin een bedrijfje lijkt gevestigd, boten die eruitzien of de hele boel op zinken staat, boten met frisse vitrage en een onberispelijk tuintje op de wal. Tegen de hemel tekent zich een machtige fallus van rode baksteen af.

'Prachtig, zo'n fabriekspijp,' zeg ik. 'Een genot om naar te kijken.'

'Ja, dat vind ik ook prachtig,' zegt hij enthousiast.

'En toch geen homo.'

'O, dit is schandalig!'

'Die krijg je terug voor die spin.'

Uit kloosters en oude Duitse dorpen

Haarwerken. Ik zie het woord op het uithangbord voor het eerst van mijn leven. Een woord dat in een kwartet past met grafwerken, doodgraven, levenssappen.

Het pand binnengaan is een andere wereld binnengaan.

Het is nog geen halfelf maar de wijzers van de hangklok in de receptie staan op kwart voor elf. Maarten meldt zich aan de balie. De wachtende klanten zouden er voor knippen en watergolven kunnen zitten, maar er hangt niet de gemoedelijke sfeer waarbij in damesbladen wordt gebladerd. Het echtpaar en de twee vrouwen zitten er of ze een afspraak hebben met de internist. In een rek met flesjes shampoo, haarvoedingscrème, potjes haarbalsem, spuitbussen en krulspelden, staan flesjes lijm. Het vrouwelijk personeel loopt in witte jasschorten, maar heeft kapsels zoals alleen kapsters die continu op peil weten te houden. Merkwaardig is dat al die kapsels rood geverfd zijn.

Haarwerken. Het staat ook op een boekwerk dat op de balie ligt. Ik sla het boek ergens in het midden open en schrik van een paar staalblauwe ogen die me recht aankijken, vanonder een volmaakt kale schedel. De ogen in het bleke hoofd zijn flink opgemaakt en aan de oren hangen pegelvormige oorbellen. Op de even grote foto ernaast kijken dezelfde ogen me aan achter brilleglazen. De oorbellen hangen er weer, maar ze vallen weg door een volle haardos.

Het boekwerk geeft meer van dat soort beelden. Bovenop kaal, achterop kaal, hier en daar kaal of alleen nog een plukje. En dan de overtuigende, haarscherpe foto's na de behandeling met een hele of gedeeltelijke prothese, een haarverankering, haarweving, returning hair system, haartransplantatie of hoofdhuidreductie. Een jonge man wast olijk zijn haar met gedeeltelijke haarprothese onder de douche. Een kale man met baard krijgt bovenop net zoveel. Een man heeft na de behandeling niet alleen een kop met haar, maar ook een pijp in de mond. Een architect met een bovenstukje verklaart: 'Kijk, ik ben architect. Ik heb mooie dingen om me heen. Dus een kaal hoofd is voor mij sowieso onacceptabel.' Een violist, alleen van de achterzijde gefotografeerd, zegt: 'Als ik een concert gaf en mensen zien die kale kop, dan kun je raden waar de aandacht het meest op gericht is.' En een man op middelbare leeftijd: 'Ik word weer aangesproken met meneer in plaats van opa.'

In het hoofdstuk 'Haarweving' staan, naar het voorbeeld van 'hairweaving' bij sterren uit *Dallas* en *Dynasty*, foto's van dunharige artiestes die een bos haar kregen dank zij haren die aan het eigen haar geknoopt werden.

Wat een mogelijkheden, wat een boekwerk, en wat een zonderlinge regel staat er onder een tekst over de oorzaken van haaruitval. Het zou de beginregel kunnen zijn van een horror story: 'Plastische chirurgen sturen hun patiënten naar ons door nadat zij hun werk hebben gedaan.'

Achter de roodharige Yvonne dalen we af naar het souterrain. Op wit gelakte deuren staan de namen van haarwerksters. Diana, Joyce, Yvonne.

In een smalle kamer aan de tuinkant neemt Maarten zijn pruik af en legt hem als een slapend diertje op de kaptafel voor de spiegel. Yvonne hangt hem een rose nylon kapmanteltje om.

'Zal ik uw eigen haar eerst nog wassen? Ja?'

Ze trekt plastic handschoenen aan en terwijl ze wast en spoelt, klinkt uit de speaker: 'I'm old fashioned...'

'Zo,' zegt ze bij het dichtdraaien van de kraan.

Ze föhnt het haar en babbelt over waar ze vandaan komt, over files, over stakingen bij de spoorwegen. Ze knipt zijn haar bij, scheert zijn bakkebaarden weg en effent zijn nek.

'Voor transplantatie zou u niet meer geschikt zijn. Daar moet je dun behaard voor zijn. Er zijn knoeiers die zeggen dat het best kan. In Antwerpen zag ik laatst een man met getransplanteerd haar die bij zo'n knoeier was geweest. De haren waren met draadjes onder de huid geregen en die man zijn hoofd, zoals dat zweerde!'

Maarten zegt: 'Ja, wie mooi wil zijn...'

'Wij hebben over het algemeen heel tevreden klanten. Niet allemaal natuurlijk, maar in die gevallen zit er meestal meer achter. Dan zitten ze in de knoop, kunnen het psychisch niet aan... Zelf draag ik ook een gedeeltelijke haarprothese.'

We laten allebei iets van ongeloof merken.

'Echt waar. Alleen de voorste en de onderste lokken zijn van mij. Ik heb zelf zulk dun haar, dat ik eronder verbrandde in de zon. Hiermee kan ik zonnen.'

Aan de muur hangt een prent van twee hoofden, zwart en blank, en profil, en beide kaal. Een oorbel met een ban-de-bom-teken zwaait de lijst binnen. Het kunstwerk is vervaardigd door Theo Zantman, eigenaar van de zaak, die in het boekwerk zegt: 'Kale koppen, ja, op de een of andere manier is kaalheid voor mij schoonheid geworden. Haar stoort me.'

'En dan ga ik nu de prothese halen,' zegt Yvonne. 'Wilt u ondertussen misschien koffie?'

Ze keert al snel terug met twee kopjes koffie en een koekje op het schoteltje.

'Even op het koekje blazen,' zeg ik als ze weer weg is, 'en even met het lepeltje vissen.'

'Waarom?'

'Om te zien of er geen haar aan- of inzit. Iedereen is hier zo met haar in de weer. Ik moet zelf ook aan van alles denken wat met haar te maken heeft. Een van mijn vroegste herinneringen gaat zelfs over haar. Ik was drie jaar, mijn moeder had haar lange pijpekrullen laten afknippen. Ik zag haar binnenkomen, een vrouw die ik kende maar die gelijkertijd onherkenbaar was. Ik was zo wanhopig, ik kreeg er een scherpe pijn van in mijn keel. Tot ik een jaar of tien was geloofde ik dat ik mijn verstand zou verliezen als ik mijn haar liet knippen. Ik was als de dood voor de paardestaartenman die op straat loerde naar meisjes en vrouwen en wachtte tot ze bij een etalage stonden te kijken, want dan kon hij zo de staarten afknippen. Ik borg mijn paardestaart of vlecht onder mijn jas of trok hem naar voren, over mijn schouder, zodat ik 'm kon zien of beetpakken.'

'Goh. Maar je had tenminste haar.'

'Krullen. Te veel krullen, vond ik op een gegeven moment. Ik wilde een pony, een steile pony, ging naar de kapper en liet het boven m'n voorhoofd ontkroezen. Het lukte. 's Avonds, toen ik er voor de zoveelste keer aan voelde hoe glad het wel niet was, kwam er ineens haar mee tussen mijn vingers. Binnen een uur brak de hele pony af en zat ik met iets wat op baardgroei leek. Ach, wat een ellende. De spannendste jongen uit de straat kwam terug van de grote vaart en wou met me naar de boulevard. Achter op de brommer zat ik. Ik had een streng haar over de stoppeltjes gekamd, maar die woei steeds weg.

M'n haar heeft toen later op het strand, door vasthouden en roken tegelijk, ook nog vlam gevat.'

'Goh. Maar het groeide tenminste aan. Stel je maar eens voor wat het is als je een vrouw wil zijn en je wordt kaal! Ik had vroeger steil haar, toen kreeg ik op mijn vijftiende ineens krullen en begon het uit te vallen. Ik vond het zó erg, ik had zó graag lang meisjeshaar gehad.'

'Mister Sandman, give me a dream... Nou, die droom komt straks dus uit.'

'Komt straks uit. O, ik ben zo nieuwsgierig.'

Yvonne komt binnen met de 'op maat gemaakte haarprothese van een natuurlijke, ademende en vederlichte ondergrond van zuiver Europees mensenhaar'.

De pruik van nat, blond golvend haar hangt over haar linkerhand. In haar andere hand houdt ze een rood plastic bakje met een felrose sticker *Spoed* en een etiket met *'t Hart Proth.*

'Zullen we dan maar?'

Yvonne houdt de pruik boven het roerloze hoofd en laat hem zachtjes neer. Van het ene op het andere moment bezit Maarten haar, echt haar.

'Hij zit perfect,' zegt hij verrukt.

'Ja, het kapje zit precies goed,' zegt Yvonne en legt haar hand op zijn voorhoofd. 'Voor mij vier, voor u drie vingers tussen wenkbrauwen en haarlijn. Hij zal wel niet zo snel afgaan, maar anders moet u 'm hier in het midden en aan de hoeken met dubbelzijdige tape vastzetten.'

De haarpunten zijn dun, maar er moet dan ook nog geknipt. Yvonne gebruikt er een smal, spits schaartje voor. Vlokken haar vallen. De haarwerkster mag zich niet verknippen. Uit de speaker klinkt een bossa nova.

'Ik zie mezelf terug als klein jongetje,' zegt Maarten. 'Want toen had ik ook nogal lang haar, en in deze kleur.'

'Wordt dat afgeknipte haar ook weer ergens voor gebruikt?' vraag ik.

'Nee,' zegt Yvonne, 'daar is geen beginnen aan. Voor één pruik heb je al drie, vier staarten nodig. Maar laatst wel, toen heb ik toch iets gebruikt. Toen knipte ik een neger. En omdat ik poppen maak van klei, heb ik toen dat haar gebruikt... Ik zit nu zes jaar in het vak.'

'Zo jong begonnen?' zegt Maarten.

'Ik ben nu veertig.'

'Dan zie je er goed uit.'

'Dank u wel.'

Een andere haarwerkster steekt haar hoofd om de deur.

'Ik wou even weten of het al klaar was. Ik kom straks wel weer.'

'We zijn hier altijd benieuwd naar het resultaat,' zegt Yvonne. 'Laatst hadden we een vrouw die helemaal kaal was. We hadden heel mooi blond haar, en daar hebben we toen voor die vrouw een kapsel met van die sprietjes van gemaakt, zo goed!'

'Je kunt bij mij ook erg goed zien dat het echt haar is,' zegt Maarten. 'Toch verstandig dat ik een beetje make-up op heb gedaan, al was ik bang dat jullie van me zouden schrikken.'

'Wij schrikken niet zo snel.'

'Goh, het gaat er steeds beter uitzien...'

'Ja, ik denk ook dat het zo goed is... Het kan altijd nog een beetje bijgeknipt, maar niet bij een kapper, anders vervalt de garantie.' Ze duwt het haar wat op. 'Ik zal het wat drogen met de blower. Als u het haar zelf wast, kunt u dat ook het beste doen. Of "natuurlijk" laten drogen. Wat dat wassen betreft moeten we nog een afspraak maken, zodat u leert hoe u de prothese moet behandelen.'

Yvonne pakt de blower en laat 'm blazen. De pruik krijgt steeds meer volume en Maarten wordt geestdriftiger.

'Precies, maar dan ook precies de kleur die ik vroeger had!'

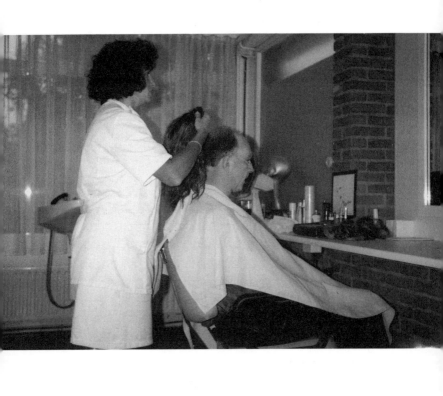

Yvonne schakelt de blower uit.

'U bent een beetje rossig van nature.'

'Rossig ja.'

'Lucy heeft de kleur gemaakt uit drie kleuren blond.'

'Ja, Lucy. En Theo zelf.'

'We doen hier elk wat anders. Ik doe de krul en ik knip.'

Ze doet gel in het nog wat vochtige haar en knijpt met haar vingertoppen in de krullen.

'U kan het heel wild maken.'

'Nee, niet te wild op mijn leeftijd. Maar ik zie er wel jonger uit.'

'Absoluut.'

Ze houdt een spiegel achter zijn hoofd, en Maarten zegt een paar maal euforisch: 'Goh!'

'Ik zal even gaan zeggen dat ze kunnen komen kijken, als u dat goed vindt.'

'Ja natuurlijk. Komt Theo dan ook?'

'Nee, die is naar Bali. Iedere drie weken gaat er namelijk iemand van ons naar Bali met een koffer haar. Terwijl de pruiken gemaakt worden, blijf je daar dan drie weken met vakantie. En dan ga je weer terug met een koffer vol pruiken.'

'Hoeveel pruiken?' vraag ik.

'O, dat kunnen er wel honderd zijn.'

Even later wordt het resultaat bewonderd door twee andere haarwerksters en een robuuste meneer die kapper, adviseur en deskundige is. Ze vinden Maarten een prettige klant.

'Het is wel eens anders,' zegt de deskundige. 'Het gaat tenslotte om een emotioneel produkt. Soms kan het personeel niet meer tegen de spanningen op, want je krijgt hier natuurlijk veel patiënten, chemotherapie bijvoorbeeld of brandwonden. Daar kan je het moeilijk mee hebben. Maar we maken ook andere dingen mee.'

'De ontvoerders van Heineken hadden hier een set gekocht,' zegt een haarwerkster. 'Dat bleek toen ze het in de bossen terugvonden bij het losgeld.'

'Gisteren waren we nog bij de rechtbank,' zegt de deskundige. 'Dan moeten er, in verband met getuigen, ineens allerlei kapsels, snorren en baardjes zijn. Daar hebben we wel wat van in voorraad, maar het gaat hier natuurlijk in de eerste plaats om de mensen voor wie persoonlijk het juiste haarwerk wordt bepaald.'

'Theo zei dat ik het haar van zuster Benedictina heb,' zegt Maarten.

'Dat is best mogelijk,' zegt de deskundige. 'Kloosters, oude Duitse dorpen, we halen het haar overal vandaan. Maar het is wel altijd uitsluitend Europees haar dat in ons atelier belandt.'

'Zou ik het atelier mogen zien?' vraag ik.

Tot mijn verbazing is het geen geheime plaats en mag ik hem volgen naar de kelder, waar de schedelkapjes worden genaaid en het haar wordt uitgezocht.

De lucht die er hangt roept een beeld op van de oude Haagse Bonneterie, maar vrijwel meteen weet ik ook waar het werkelijk op lijkt: de lucht van een bontjas.

Ik praat met de deskundige en doe mijn best mijn hoofd erbij te houden. Onderwijl kijk ik, kijk ik in de kraamkamer van deze andere wereld. Er staan honderden plastic bakjes die, omdat ze gestapeld zijn en aan de voorzijde van een naam voorzien, doen denken aan een Zuideuropees kerkhof. In elk van de bakjes zit haar, bijeengebonden tot een paardestaart. Blonde, bruine, zwarte paardestaarten. Ook op een tafel liggen staarten en aan de stalen pennen van een hekel hangen er twee.

Ik ben me ervan bewust dat het voortkomt uit een jeugdherinnering vol kinderlijke verbeelding maar ik denk het toch: dit is het dan, het domein van de paardestaartenman.

De wijzers van de klok staan nog steeds op kwart voor elf.

Maarten maakt een afspraak om les te krijgen in het behandelen van de pruik en eventueel wat bijgeknipt te worden. En dan moet hij nog betalen. Hij heeft al een aanbetaling gedaan en er rest f 2294,–. Met de oude pruik en een piepschuim paskop in een plastic tasje verlaten we het pand.

'Behoorlijk luguber,' zeg ik.

'Maar heel zinvol,' zegt hij.

'Zinvol en nobel en nuttig, maar het blijft luguber. Katholieken wordt het vagevuur afgeschilderd als een wachtkamer, zoiets is het.'

'Zo zie ik dat toch niet.'

'Ik heb nog nooit een bedrijf gezien dat net zozeer van de dood als van het leven afhankelijk is, behalve dan een crematorium.'

'Als jij kaal zou worden, neem je toch zeker ook gewoon een pruik? Wat maakt dat nou uit?'

'Maakt het je dan niet uit om het haar van een dode te dragen?'

'Nee, dat kan me niet schelen.'

'Uitgevallen of afgeknipt haar is ook levenloos, ik weet het.'

'Daarom. Je kan er maar beter gebruik van maken. Zoals in mijn geval. Het is toch fantastisch dat ik nu dit haar heb?'

Hij kijkt in een ruit, voelt aan het haar, schudt lichtjes zijn hoofd.

Ik zeg: 'Heb je nou andere oorbellen aan?'

'Ja, die had ik meegenomen. Ik wist wel dat die andere hierbij niet zouden passen, dat weet een vrouw toch.'

Op straat lopen nogal wat Turken en Marokkanen. Ze kijken, zonder uitzondering, allemaal naar hem. Een van de mannen houdt gelijke tred met ons en gaat dan langza-

mer lopen om zich aan Maartens achterkant te vergapen.

'Ik weet nu ook waarom ik zo'n verdriet had om de dierenarts. Ik zag mezelf terug als jongetje en ik wist weer hoe ik bij mijn moeder op schoot zat en naar haar opkeek. Ze lijkt op mijn moeder.'

'Zo.'

'Ja.'

'Is er inmiddels een dag geweest dat je niet aan haar dacht?'

'Als ik als dame op stap ben, denk ik geen moment aan haar.'

'Wanneer komt je boek van de drukker?'

'Over drie weken, denk ik.'

'Breng de dierenarts een exemplaar. Ze speelt er tenslotte een rol in.'

'Ja, o jee... maar toch, het is misschien een goed idee.'

De man voegt zich weer naast ons met een loerende blik.

'Je hebt sjans,' zeg ik.

'Ik geloof het ook. Terwijl ik er toch zo onopvallend uitzie.'

'Blond haar, een zwart leren pak en jij erin? Maarten, dat is niet onopvallend.'

'Nee? O, ik dacht het. Die broek had ik al, dat jasje is van Hanneke. Ze weet het niet, maar ze draagt het zelf niet meer. En jij vindt het opvallend, terwijl ik niet eens hoge hakken draag.'

'Heb je al gezien waarin je oude pruik zit?'

'In een plastic tasje.' Hij houdt het tasje op. 'Een tasje, bedrukt met boompjes.'

'Winterse boompjes.'

'Winters?' Hij kijkt nog eens. 'Allemachtig, het zijn kále boompjes.'

Een passage

Hanneke kijkt ernstig. Ze kijkt zorgelijk. Ze lacht, en ze lacht graag. En dan kijkt ze weer ernstig:

'Die kleren, die pruik, ik zie hem er liever niet mee. Ik heb hem al eens gezegd: "Als je dameskleren koopt, koop dan voor hetzelfde geld ook mooie herenkleding, dat is voor míj prettig om naar te kijken." Maar dat interesseert hem totaal niet. Helaas.

Ik heb mijn best gedaan het te begrijpen en ik zou nog steeds willen dat ik het kon. Ik probeerde het bijvoorbeeld te vergelijken met wat ik vroeger voelde toen ik zelf een broek droeg met zo'n ritsje opzij. Iemand zei me toen dat die rits bij mannen van voren zat. Als ik er dan aan dacht zoiets te dragen, opwindend vond ik dat.

Ik vind het erg als hij liegt. Wanneer hij een vriendin heeft, ja, dat is ook erg, maar het is anders dan dit. Soms zie ik dat hij het krijgt, dan wordt hij onbereikbaar. Ik kan daar slecht tegen. Maar het stiekeme vind ik nog erger. Het liegen, het verzwijgen, eromheen draaien, om het er op het laatst, als het niet anders gaat, verdraaid uit te gooien. En dan zie ik hem op een foto in de krant in een jurk of in dat blauwe pak. Of ik merk dat er weer iets bij hem geschoren is. Vroeger ontkende hij dat, nu niet meer. Maar als ik het toesta, vrees ik dat hij straks alleen nog zo rondloopt.

Waar het op neer komt, is, dat ik het theoretisch aankan. Maar in de praktijk, als ik hem dan zie met die dikke laag op zijn gezicht, en de rest, o, vreselijk vind ik het. Het raakt iets in me wat ik maar "primitief" zal noemen.'

Ik knik. Het is een kernachtig woord.

'Een kennis zei me laatst: "Het is nou wel zo dat wij een broek dragen, maar we dragen er toch geen bobbel in!"'

We lachen. Ik zeg dat hij er niemand kwaad mee doet. Dat het hem in een goed humeur brengt en dat me opvalt dat hij minder in die roes verkeert, naarmate hij het vaker doet, zodat hij steeds meer dezelfde blijft. Ze zegt ineens zich schuldig te voelen om wat ze ervan vindt.

Ik zeg: 'Schuldig? Kom nou, als het je ondanks al je moeite niet lukt, hoef je je daar niet schuldig over te voelen. Voor een buitenstaander is het, hoe dan ook, altijd makkelijker dan voor jou.'

Ze zegt: 'Ik denk dat hij als kind toch wel wat alleen was. Slim als hij was. Veel vertier was er niet. Hij zag alleen films van Laurel en Hardy en *De Rode Ballon*. Nee, ik geloof niet dat ik echt naar een verklaring zoek. Ik wist het al vroeg, dat wel. Het begon ermee toen hij me een passage voorlas uit Truman Capotes *Other voices, other rooms*, over een man die zich als vrouw verkleedde. Hij was daar zo van onder de indruk dat ik me toen afvroeg of hij homosexueel was. Maar nee, als dat zo was, als hij niet om vrouwen gaf, was ik al weg geweest.'

Perspectief van een bril

Hij neemt zijn zonnebril af en kijkt in de spiegel.

'Ben je niet verbaasd dat ik zomaar ineens bij je op de stoep sta?'

'Nee. Ik wist dat je in de stad was.'

'Hoe weet je dan dat ik langs zou komen?'

'Omdat Hanneke zei dat je naar Amsterdam was, maar ze wist niet waarom.'

'Ik ben op de fiets van Dorinde. Het was fantastisch om zo door de stad te fietsen. Het is alleen niet zonnig genoeg voor die zonnebril. Ik ben net ook bij Molenaar langs geweest. Ze zitten er in zak en as. Ik wou een broek bij het blauwe pakje bestellen, maar hij heeft de maat niet eens genomen... Ik heb die nacht na die show alleen maar gedroomd dat er ladders in mijn kousen zaten, maar voor Frans was de boze droom werkelijkheid. De kritieken op zijn show waren lang niet allemaal gunstig, begrijp jij dat nou? Zulke mooie kleding.'

'Over jou gaat het volgende: je pak zou vijftienhonderd gekost hebben, maar je moest het dubbele betalen omdat je niet in de show wou lopen.'

'Ik niet lopen? Ik wou best lopen! Het is me niet gevraagd! Waar komt dat nou weer vandaan?'

'Een paar vrouwen. Veel geld, weinig om handen.'

'O. Nou, voor Frans was het pas erg. We hebben die avond toch gezien dat er auto's werden weggesleept? Die waren van de hoge gasten. Voor tweehonderd zestig gulden konden ze ze terughalen! Afschuwelijk... Ik heb dit zwarte coltruitje bij hem gekocht.'

'Het is sportief, het staat je wel.'

'Ja hè?'

Hij loopt de kamer in. Buiten betrekt het nog meer en ik haal de jaloezieën op.

'Ik kan maar even blijven, maar ik wou repeteren voor als we morgen naar die show in De Kleine Komedie gaan. Kunnen we daarvoor dan nog langs de tentoonstelling van Dorinde? Het schijnt in een kapperszaakje te zijn en ik heb beloofd daar een woordje te spreken. Ik repeteer omdat ik wilde weten of ik goed kan bewegen met die fijne pruik. Er moet nog een klein stukje af, zo is het toch iets te veel Ringo Star. Hanneke heeft 'm gezien, maar ze keek daarna gelijk de andere kant op en zei dat ze me liever zonder haar ziet. Nou ja, dat is aardig van haar.'

Hij loopt naar de spiegel.

'Ik heb eerlijk gezegd al een keer gerepeteerd. Ik had je toch verteld dat ik zou voorlezen in Dordrecht bij een zogenaamd scheldfestival? Ik bedacht dat ik daar wel eens mijn grieven kon uitspreken over de voordelen van het vrouw- en de nadelen van het man-zijn, dus toen ben ik als dame gegaan. Dat kon, omdat er op het lab een lesbische secretaresse is die het leuk vond om me ernaar toe te rijden. Eerst schrokken de mensen in de zaal, ze werden er timide van. Maar bij mijn verhaal leefden ze helemaal op. Het was een succes.'

Hij trekt zijn trui lager, bekijkt zich van opzij en trekt hem weer wat op.

'In mijn geval heb ik als dame toch wel een groot voordeel.'

'Ja. Wat jij doet, kan een arme boerenjongen niet.'

'Zo'n boerenzoon zou die dure pruik niet kunnen betalen.'

'Ik bedoel meer dat jij zomaar bij mensen langs kunt komen en dat je zelfs in het openbaar kunt verschijnen. En dan verdien je er ook nog aan.'

'Ja, ik ben in het voordeel als... nou ja, als artiest.'

Hij loopt de kamer in.

'Ik kom binnenkort ook in het tv-programma van Paul Haenen, maar ik ga als man. Voor Hanneke laat ik het om als vrouw te gaan. Jammer, maar ja, het is beter zo.'

'Als het om je nieuwe boek gaat, is het zeker beter.'

'Ik moet er echt zo vandoor. Nog even naar het toilet voor ik op de fiets stap.' Hij draait zich om en zegt aarzelend: 'Nou weet ik gewoon niet of die bril wel of niet op moet.'

Wat een vreemde opmerking. Vanwaar ineens die twijfel? Hij wekt in het geheel niet de indruk onzeker of in de war te zijn.

'Dat moet je zelf maar zien,' zeg ik. 'Ik weet niet hoe nat je van plan bent 'm te maken.'

Als hij terugkomt van het toilet, zegt hij: 'Ik bedoelde niet de wc-bril hoor, maar mijn zonnebril.'

We lachen allebei, tot tranen toe, en ongeremd vraag ik hem of hij als dame zittend plast.

'Ik zit altijd.'

'Wat bedoel je met "altijd"?'

'Dat ik àltijd heb gezeten. Ik moest van mijn moeder zittend plassen. Mijn vader en mijn broer moesten dat ook. Ze controleerde na het plassen of er geen druppel op de wc-bril lag. Want die bril, die mocht niet nat worden.'

Artiesten

Zijn hakjes tikken in de hal en stoppen voor de spiegel. Ik zet Rossini's *Ouderdomszonden* op en zeg dat me dat toepasselijk lijkt.

'Ik voel me juist jong,' zegt hij. 'Zelfs na gisteren. Want ik ben nog met Dorinde naar die galerie gegaan, nou ja, het kapperszaakje waar haar werk dus hangt. Met die kapper, zelf een Italiaan, zijn we toen bij de Italiaan gaan eten. De kapper zag buiten twee vrienden van hem lopen en die kwamen toen bij ons zitten. Dat viel niet mee, want ze waren dronken. Een tafel verderop zaten Rinus Michels en Leo Beenhakker met hun vrouw te eten. Ik geloof dat niemand zag dat ik daar zat. Het eten was goed maar voor mij ging de lol eraf toen ik een wimper verloor.'

'Dan kan je die andere er toch ook beter afhalen.'

'Ja, maar daar denk ik dan geen moment aan. Twee nagels waren ook los gaan zitten, maar dat kwam omdat die kapper me zo'n harde hand gaf.'

Hij wil met de tram naar de stad.

'Als ze me maar niet in elkaar slaan.'

Ik zeg: 'Laten we met de taxi gaan.'

'Ik wil zo graag als dame in de tram, het is de eerste keer.'

'En als ze míj in elkaar slaan?'

'Dan val ik wel uit mijn rol en sla erop.'

'Erg lief,' zeg ik, 'maar zei je nou echt dat je uit je rol zou vallen?'

'Er bestaan ook sterke vrouwen.'

Lijn 24 is nog niet voor de helft bezet. Het is een milde herfstdag, maar de verwarming staat hoog. Hij zit ernaast, bij het raam en het duurt niet lang of het zweet parelt op zijn neus.

Ik zeg: 'Waarom probeer je het niet eens zonder pancake?'

'Dan zie je zo dat ik een man ben, nee, dat kan niet.'

Ondanks de marteling van de almaar opkruipende warmte, kan de rit hem niet lang genoeg duren, maar bij het Spui moeten we er toch uit voor de kapperszaak van figaro Pasquale.

Ook daar is het warm en de rook is te snijden. In een van de kapstoelen zit een ouderwetse buiksprekerspop. De overige stoelen zijn leeg, de bezoekers blijven dicht op elkaar staan in het nauwe zaakje en drinken van de witte wijn die geschonken wordt uit flessen met de mond van een plasfles. Of ze gaan naar buiten, naar het steegje, waar een zitje met terrasstoelen het zachte weer bevestigt.

Portretten van schrijvers hangen boven de kapspiegels en worden gereflecteerd in spiegels aan de wand ertegenover. Het geeft een aardig effect te midden van de levende, omhoogkijkende gezichten.

Een vrouw vraagt me: 'Is dat Peter van Straaten of August Willemsen?'

Ik kijk naar het portret. 'Zonder bril?'

'Is het dan eh…' De vrouw kijkt om zich heen.

'Het lijkt me een dichter,' zeg ik.

Een columniste tikt me aan. 'Hé hallo, jij hebt toch een kind? Ik weet alleen niet meer wat het was.'

'Een zoon,' zeg ik.

'O ja, een zoon. En hoe oud is hij?'

'Twaalf.'

'En is hij al groot?'

'Zo groot als jij ongeveer.'

'En gaat het goed?'

'Dank je, het gaat goed.'

Ik buig me naar een traditioneel getekende cartoon, waarop een man net gescalpeerd is en de kapper de bloedende scalp ophoudt.

'Dames en heren, signore e signori!' roept barbier Pasquale.

Maarten stapt op een trapje en zegt: 'Dorinde is een vriendin, maar dat is niet de enige reden waarom ik hier sta. Ik sta hier ook om even iets recht te zetten. Mijn portret als man bevalt me namelijk niet zo, vandaar dat ik hier als vrouw ben gekomen.'

Een man komt uit een hoekje te voorschijn en begint een levenslied te zingen. 'En nu allemaal...! Er was eens een tralalalala...'

We gaan naar buiten, waar een paar bezoekers zitten te roken. Maarten vraagt een sigaret. Onbeholpen als een kind steekt hij hem op en begint er snel aan te trekken en te puffen. Of het nou een inhaalmanoeuvre is of een onderdeel van de rol, het oogt nogal pathetisch.

'Als man ben ik er heel erg tegen, maar als dame puf puf wil ik nou eenmaal roken.'

Hij krijgt rook in zijn ogen.

'Straks gaan je wimpers weer,' zeg ik.

'Met een pijpje puf puf zou het beter gaan.'

Hij drukt de sigaret ten slotte zo onhandig uit dat hij blij mag zijn dat hij zijn leren broek aan heeft.

Over de rij mensen heen die voor de kassa van De Kleine Komedie staat te wachten, reikt Vincent ons de kaartjes aan, geeft een knipoog en is alweer in de drukte verdwenen.

Maartens ogen schieten heen en weer.

'Ik zie geen travestieten,' zegt hij.

'Misschien zitten ze binnen.'

'Wat een lawaai!'

Het is de discohit 'Crucified' die in de zaal nog veel luider klinkt. Zodra we op onze plaatsen zitten, houdt hij zijn handen tegen zijn oren. Als na een paar minuten de muziek zwijgt, zegt hij: 'Hè hè.' En dan barst het vervolg van 'Crucified' los en gaan zijn handen weer omhoog. Onderwijl kijkt hij rond en wanneer de muziek is afgelopen, zegt hij: 'Ik zie er niet één, zelfs Joop niet. Die ken ik en ik had met hem gebeld, hij zou komen.'

Veel homo's, ook hetero's, van zijig tot macho, maar travestieten, nee. Wel zijn er opvallend veel oudere vrouwen, vermoedelijk moeders van de optredende artiesten.

Het programma wijkt nauwelijks af van de lokale tv-show. Er is het decor van een kasteel met drie nissen voor de kandidaten in het partnerspel, en ster Hellun Zelluf heeft nog steeds de antenne op het kaal geschoren hoofd. In een geel jurkje met flappen over de armen en hoge rode laarzen betreedt hij het podium. Het openingslied gaat over Berlijn en de 'lu lu lu liefde'. Assistente Viola (toch nog een podiumtravestiet) met lange, blonde pruik, staat klaar. En 'Beestje Freek', gekleed in legerschoenen, streepje leer voor de bilspleet, halsband en kruiselingse borstband, zit gehurkt achter een paar spijlen en weigert op te staan. Baasje Hellun bekijkt hem van dichtbij en zegt: 'O, hij heeft een pukkeltje op zijn billetjes! Wat een narcisme. Maar waar zouden we zijn zonder narcisme?'

Maarten vertrekt geen spier.

De kandidaten worden voorgesteld. Kandidaat 1 zit op de Rietveldacademie. Kandidaat 2 is misdienaar geweest en zat vroeger bij de padvinders. 'Ach, een welpje... Akela, wij doen ons best. In het schijthuis doen wij de rest.'

Kandidaat 3 doet aan 'Actieve sex met doven'.

Van Maartens gezicht is niets af te lezen, ik vrees dat hij lijdt.

Beestje Freek zit terzijde en eet uit zijn neus. Een Israëlische jongen, ex-soldaat, mag aan de hand van vragen een kandidaat kiezen.

Hellun Zelluf: 'Wat heb je een mooie handen, echte soldatenhanden. En wat doe jij?'

De jongen: 'Ik geef twee conditietrainingen, een voor veertigplussers en een voor aidspatiënten.'

Kandidaat 3, die na een reeks melige vragen en antwoorden niet gekozen is, speelt dat hij boos is en geeft een nummer als goochelaar die tevens aan striptease doet. Maar de mooi mislukte trucs van Tommy Cooper zijn niet na te bootsen.

Maarten lijkt verstijfd.

Als het gordijn sluit voor de pauze, vraag ik hem of hij het aan kan.

'Nee, eigenlijk niet. Het deprimeert me.'

'Dan gaan we.'

'Ja, alsjeblieft. Het is zo stuitend en banaal.'

'Dat is ook de bedoeling.'

'En geestig is het ook niet. Ik zag Johan Polak zitten. Wat doet die daar, zo'n erudiete man.'

'Wat zegt dat nou?'

'Het is allemaal imitatie.'

'En imitatie van imitatie. Het draait nou eenmaal om neuken.'

'Het is ontdaan van alles. Er is niets verbaals, het is niet geestig, het is helemaal niks.'

In de tram vraag ik hem: 'Vind je Dame Edna wel wat?'

'Die is fantastisch. Die is wèl geestig, die is slim. Vind jij dat dan niet?'

'O ja, ik kijk er met plezier naar. Zou jij zoiets niet willen doen?'

'Een talkshow? Ik?'

'Over literatuur, muziek, en wat of wie je verder wilt. Jij kunt je garderobe uitbreiden en Hanneke vindt je dubbelleven misschien wat acceptabeler.'

'Ik geloof dat ik dat graag zou willen. Maar het moet wel goed zijn. O, wat was dat afschuwelijk vanavond.'

'Die jongens hebben plezier.'

'Ik schaam me er ook voor dat ik het zo volstrekt niks vind.'

Hij blijft er een beetje bedrukt onder en ik wou ondertussen ook dat ik alleen was, desnoods in mijn bed lag.

Thuis probeer ik hem op te beuren door hem een opname te laten zien van Rowan Atkinson als Mr. Bean. Hij lacht uitbundig, maar de invloed is van korte duur.

'Het is laat voor jouw doen,' zeg ik.

'Ja, ik moet naar huis.'

'Vind je het vervelend, die reis?'

'Ja. Ik wil me ook niet verkleden.'

Dus dat is het. Ik denk even na en besluit er dan toch maar toe: 'Ik breng je naar huis.'

'Gelukkig regent het niet,' zeg ik. 'Vorige week kapten de ruitewissers ermee en heb ik langs de grote weg twee uur op de wegenwacht staan wachten.'

De goden zijn verzocht. Bij het Olympisch Stadion stort de regen zich over ons uit. Vloekend doe ik de ruitewissers aan.

'Allemachtig,' klinkt het naast me, 'misschien moet ik alsnog op Schiphol opstappen.'

'En mij laten staan?'

'Laten staan. Nee, dat doe ik niet.'

'Ik zal langzaam rijden, misschien houden ze het. In geen geval mogen ze op dubbele snelheid draaien.'

'Je had pas toch een nieuwe auto besteld?'

'Daar heb ik nu nogal wat aan.'

'Wat een pech.'

'Ze doen het nog.'

Ter hoogte van Alphen aan de Rijn rent er ineens een witte rat de weg over.

'O god nee!' roep ik. 'Daar liep een rat! Als hij maar niet onder de wielen is gekomen!'

'Een rat? Wat doet een rat hier nou? Was het geen kat?'

'Het was een veel kleiner beest en het was wit.'

'Nee, witte katten bestaan niet.'

'Ben jij bioloog? Ik heb minstens vijf witte katten in mijn leven gezien, er woont er zelfs eentje naast me! O god, ik geloof toch dat ik daarnet een plop onder de wielen heb gevoeld.'

'Misschien was het een wezel. Of een fret, die worden tegenwoordig als huisdier gehouden.'

'Het liep laag op de pootjes en had een lange, dunne staart. Ik weet zeker dat het een rat was, en dat in de stromende regen.'

De symboliek van witte onschuld, het feit dat Maarten een wetenschappelijke studie schreef over ratten, en zelfs 'Beestje Freek' schieten door mijn hoofd, maar verzinken in het ellendige gevoel. Ik heb nu eenmaal een onverwoestbaar, kinderlijk zwak voor dieren.

'Het arme beest.'

'Arme Mensje.'

'Arme, arme iedereen.'

Ik verwacht niet anders of de ruitewissers zullen het wel begeven, maar nee, we halen het donkere dorp waar hij woont en rijden door de lange, diepe plassen op de nog donkerder dijk. Uit de paardestal van de buurman steken een paar paarden nieuwsgierig het mooie hoofd boven de halve deuren uit. Ik stop voor het rood-witte paaltje.

'Zal ik je tot bij de deur brengen?'

'Nee, dan moet het paaltje eruit en dan moet ik het erna weer terugzetten, zodat ik twee keer door de regen loop. En Hanneke zou misschien wakker worden, nu kan ik me makkelijk omkleden.'

Hij doet het portier open en zegt: 'Tot over dertien dagen. Wat duurt dat nog lang... Ik zal onze uitstapjes missen, ik moest daar bij het blauwe pakje al aan denken.'

'Jij vindt genoeg aanleidingen om je voor te verkleden. Het loopt niet echt af.'

'Nee, niet echt. En we gaan nog naar Maassluis en naar Rotterdam en naar een paar lezingen.'

'Je wordt nat zo.'

'Ja, nou dag hoor.' Hij stapt uit en zegt: 'Weet je wat ik het leukst vond vandaag? De tram.'

Koppen op het water

'Wilt u deze deur voorbijgaan!' hoor ik hem buiten streng uitroepen. En dan, nadat hem onverstaanbaar zacht iets is gezegd: 'Ach meneer, ik heb een gereformeerde jeugd gehad en dat is al zo erg. Jehova is nog veel erger. Denkt u toch na! En belt u hier niet aan!'

Opgewonden komt hij boven. 'Wat denken ze wel, de deuren langsgaan, houden ze daar dan nooit mee op!'

Hij heeft een pak met de eerste exemplaren van *Onder de Korenmaat* bij zich en zijn koffer. Hij haalt de pruik en de paskop eruit en zet ze op de tafel. Hij trekt zijn jack uit. De zwarte coltrui heeft hij al aan.

'Dan hoef ik alleen nog de borsten en de make-up te doen,' zegt hij. Hij maakt zijn ribfluwelen broek los en laat hem omlaagglijden, niet over zijn blote benen maar over zijn leren broek. 'Die kan er dus makkelijk onder, zie je wel. Of het warm was? Dat viel wel mee.'

Ik bekijk zijn nieuwe, kloeke boek en zeg: 'Weet de dierenarts dat je haar een exemplaar komt brengen?'

'Ja, maar ze weet niet of ze het kan aannemen, zegt ze. Als we bij mijn zus zijn, zal ik haar eerst nog wel even bellen.'

Terwijl hij zich boven opmaakt, snuffelt Bobbie, mijn kat, aan de pruik. Is het een indringer? Is het speelgoed?

Hij gaat erbij zitten, kijkt er een poosje naar, snuffelt nog eens en besluit het laatste uit te testen, maar dan til ik hem vlug van de tafel.

De pruik is even later ook het doelwit van een bus haarlak. Van een afstand van tien centimeter spuit Maarten, met dichtgeknepen ogen, de lak op het haar.

'Verder van je af houden!' zeg ik. 'En waarom doe je die rommel erop?'

De pruik voelt hard aan. Er zit ook een stevige klit in, ter grootte van een walnoot.

'Hebben ze je al geleerd hoe je ermee moet omgaan?'

'Ja, ik ben naar Rotterdam geweest en ik heb van een jongen geleerd hoe ik 'm moet wassen. Hij deed het voor in een fonteintje. Eerst nat maken, dan shampoo, doorborstelen, goed uitspoelen. Ik heb er ook spullen voor aangeschaft.'

Ze zitten in de koffer: de kuurbadshampoo: 'reinigt droog en poreus haar bijzonder mild', en de balsem: 'bevat natuurlijke zijdeglansproteïnen en beschermt tegen invloeden van buitenaf'.

De nieuwe auto heeft last van piepende remmen, een verschijnsel dat volgens de garage bij de nieuwigheid hoort en zal slijten. 'Als het erger wordt, moet u maar even komen.'

Het wordt erger. In het stille Maassluis snerpen de remmen zo erbarmelijk dat voetgangers omkijken. Langzaam rijden we langs de gereformeerde kerk en de christelijk gereformeerde kerk, en zetten de auto op een parkeerterrein, pal naast het straatje waar Maarten als kind zijn gefantaseerde prinsje en speelkameraadje zag vallen: de Goudsteen.

Hij draagt zijn lange lakjas, heeft een zonnebril op, loopt onder mijn paraplu, en zegt dat hij doodsbang is dat iemand hem zal herkennen. Het maakt ook deel uit van

zijn opwinding: 'Dat ik hier op deze plek nu loop als dame!'

'Waar viel je prinsje?'

'Daar, bij dat brugje. Er zijn in dat grachtje regelmatig mensen te water geraakt. Ik herinner me dat de notaris erin sprong omdat zijn dochter, die bij mij op school zat, zwanger was. Ze kreeg een tweeling.'

We wandelen het ophaalbruggetje over, langs de kade naar de sluizen, gaan de trappen op en kijken uit over de smalle gracht met de lage propere huizen, zo Hollands. Het ene moment verzucht hij: 'O, dat ik hier nu sta.' Het andere moment duikt hij weg achter zijn kraag, zijn haar, de paraplu: 'O, als ze me maar niet herkennen.'

Wanneer we weer in de auto zitten en hij een oudere heer in de auto naast ons ziet, houdt hij een hand voor zijn gezicht: 'Die man kijkt te lang naar me!'

Het is geen grote plaats waar hij is opgegroeid en waar hij niettemin veel over weet te schrijven, maar ach, hoe klein is het huisje waar hij woonde. Het is nog geen vier meter breed, heeft een laag zoldertje en een gerenoveerd raam, verdeeld in tweeëndertig vakjes, dat ruim de helft van de gevel beslaat.

'Je kan erop schaken,' zegt Maarten. 'O nee, het is maar een half schaakbord.'

Er hangen planten achter en er staat een rieten stoeltje met een pop erin.

'Die planten, het lijkt wel of ze zijn overgekookt. En dat is dan ons huis. Hoe kon dat toch, vijf mensen in zo'n piepklein huisje. Er woont nu een vrouw met een mank been. In Maassluis wonen alleen invaliden en sexmaniakken.'

Het is een stil straatje met wat boompjes en bolvormige lantaarns.

'Er was nooit groen. En al die rare bloembakken, die hadden we ook niet. Het is een wonder dat die huisjes

zijn blijven staan. Mijn vader is op zesentwintig geboren. En ik dus achter dat schaakbord. Op zaterdagmiddag, de Duitsers liepen door de straat. Mijn moeder zegt: "Het was stil, grijs, mistig weer, je kon bijna de overkant niet zien." Ze schrok toen ik geboren was. Ik leek een klein Chineesje met een groot vervormd hoofd. Dat trok na twee uur weg. "En toen," zei ze, "ben ik zoveel van je gaan houden." Maar na tweeënhalf jaar werd Lenie geboren. Misschien is dat de oorzaak van mijn kwaal, ik had het er zo moeilijk mee.'

Schuimkoppen op de Nieuwe Waterweg. Tien lange maanden kwam ik erlangs in de boottrein, naar het schip waarop ik voer tussen Hoek van Holland en Harwich, de Prinses Beatrix. Hier de schuimkoppen al zien, betekende boos weer op zee. Water tegen de kajuitpoorten, brakende passagiers, verstopte wc's, een katterige bemanning, een extra borrel, en wanneer er, zoals nu, regen en zon in de lucht hingen, een uitzicht dat tot een fabelachtige belevenis werd in die woeste, groene, deinende massa.

Lenies flat ligt aan de Nieuwe Waterweg. Kranen. Loodsen. Een enorme olie-opslag. Een drijvende bok. Een olietanker glijdt voorbij. De veerpont van Maassluis steekt over naar Rozenburg. Uit het silhouet van het stadje steekt, dicht bij de haven, de toren van de hervormde kerk. Een biddende torenvalk hangt boven de spoorlijn.

Maarten staat voor de ingelijste familiefoto's aan de muur en zegt: 'Mijn fietsje. Daar zit ze op míjn fietsje, dat moest ik afstaan.'

Lenie lacht. Ze heeft lichtblond haar, draagt een witte blouse, een spijkerbroek en lage schoenen, en heeft alleen haar ogen wat opgemaakt.

'En jij kreeg nooit op je donder,' zegt Maarten. 'Ik was degeen die altijd straf kreeg. Ook toen jij in die sloot viel. Ze hebben me zowat gelyncht.'

'Nee hoor,' zegt Lenie, 'die herinnering van jou, die is niet helemaal goed.'

'Goed, ze waren ook boos op jou,' zegt Maarten. 'Maar dat was uit gezichtsverlies omdat je bij mensen, op de tuin waar vader werkte, in de teil moest. Maar ìk kreeg altijd van alles de schuld.'

Lenie, die zich nu eens tot Maarten dan weer tot mij richt: 'Hij overdrijft een beetje. Maar hij ziet er goed uit, leuk… Ik vond je er toen bij Rur te stijf uitzien met die blouse. Moeder heeft dat toen niet gezien, wel die keer toen je bij Sonja was.'

Maarten: 'Volgens mij had moeder er alleen over gehoord. Ze zei tegen mij: "Ik vind je een beetje stout."'

Lenie: 'Tegen mij zei ze dat ze ook had moeten wennen aan een vrouw die mannenkleren aantrok. Maar tegen de buitenwereld doet ze of ze geen mening heeft.'

Maarten: 'Ik dacht ook altijd: ik wacht tot moeder dood is, dit kan ik haar niet aandoen. Nagels, make-up, ze vindt het allemaal zo erg.'

Lenie: 'Tegen mij zei ze nooit iets over mijn make-up.'

Maarten: 'Maar bij jou vindt ze het ook niet mooi. En pa, die zou het ook vreselijk gevonden hebben.'

Lenie: 'Ach, ze kenden het niet. Hij was niet zo… Hij zei toch ook "ieder diertje zijn pleziertje". En ikzelf, ik kende het woord "travestie" niet eens. Je stond vroeger wel al veel voor de spiegel.'

Maarten: 'Toen mijn haar begon uit te vallen.'

Lenie: 'O, dat vond je zo erg. En je had zulk mooi haar, mooier dan het mijne.'

Ergens gaat een deur open, in de gang wordt gestommeld.

'Dat is mijn zoon, die met zijn vriendin thuiskomt van vakantie,' zegt Lenie. 'Ze zijn veel vroeger dan ik verwachtte.'

'O jee,' zegt Maarten, 'die schrikt zich rot als hij mij zo ziet.'

De jongen komt binnen en zegt: 'Hallo.' Zijn vriendin komt binnen en zegt hetzelfde. Ze gaan de kamer weer uit en ik hoor het meisje zeggen: 'Hè? Dus dat is je óóm?'

'Ik heb het vroeger nooit gemerkt,' zegt Lenie. 'Ik denk dat jij het zelf ook raar vond... Nee, hij trok nooit iets van mij aan. En van moeder?'

Maarten: 'Nee.'

Lenie: 'Ik wel, ik deed wel eens kousen van haar aan.'

Maarten: 'Zoals de kinderen van de schoenmaker zich mochten verkleden, dat mochten wij niet.'

Lenie: 'Toen ik las hoe je dat in *Ik had een wapenbroeder* had beschreven, raakte ik er helemaal van in de war. Ik kreeg er kippevel van, ik begreep niet dat jij dat boek geschreven had. Hij heeft me er nooit iets van verteld. Door dat interview met Bibeb werd het duidelijk... Ik denk dat je daarom altijd zo onrustig was. Je leefde al die tijd toch met een leugen.'

Maarten: 'Leugen? Nee hoor.'

Lenie: 'Maar voor je ermee voor de dag durfde komen, was het toch een leugen voor jezelf.'

Maarten: 'Helemaal niet. En daar komt die onrust niet vandaan.'

Lenie: 'Je was altijd bezig, altijd druk.'

Maarten: 'Ik had altijd haast.'

Lenie: 'Als je hier normaal komt, ben je binnen vijf minuten alweer weg. En kijk eens hoe lang je hier nu al zit!'

Maarten: 'Dat is waar.'

Lenie: 'Op een avond bracht je me vrouwenkleren met: "Ik heb logées gehad die dit vergeten hebben, misschien heb jij er wat aan." Is dat dan geen leugen?'

'Ja, dat soort dingen bedacht ik,' zegt Maarten grijnzend.

'Je mag toch wel zijn die je bent? Ik vind het leuk, hij blijft Maarten, maar ik heb er een zus bij... Als meisje bewonderde ik hem. Hij was volgens mij ook niet zielig, hij barstte van de energie, hij was mijn steun en toeverlaat. Ik was zelfs jaloers toen hij met Hanneke verkering kreeg... We werden natuurlijk wel preuts grootgebracht. Eenmaal per week op zaterdag in bad, in een teil in de keuken. We mochten elkaar niet zien in die teil.'

Maarten: 'Toen jij er een keer in zat en ik per ongeluk langsliep, kreeg ik ook weer op mijn donder.'

Lenie: 'Ja, dat vond ik heel erg voor je... Arie, onze broer, die wou toch zo graag moeder zien zoals ze was. Wij ook, maar Arie zeurde het hardst. En op een keer mocht hij. Wij begrepen er niets van. Maar Arie werd op een keukenstoel gezet en kreeg een geblokte handdoek om zijn gezicht gebonden. Wij loerden om beurten onder de kier bij de vloer en zagen niets. Daar heb je niet over geschreven hè? Je hebt over heel veel nog niet geschreven.'

Ze noemt een paar namen van mensen. Maarten onderbreekt haar en zegt dat een van die mensen al in een boek voorkomt.

'Mijn kinderen,' zegt Lenie, 'mochten soms niet met andere kinderen omgaan van mensen in Maassluis, omdat Maarten over ze schrijft. Ze herkenden dan dingen en voelden zich beledigd.'

'Kan ik even bellen?' zegt Maarten. 'Het gaat om iemand die in het nieuwe boek voorkomt, een vrouwelijke dierenarts. We gaan haar ook een exemplaar brengen. Ze doet alleen een beetje problematisch, enfin, je moet het boek maar lezen.'

Hij drinkt vlug zijn tweede glas pils leeg. En terwijl over de ruwe Waterweg een kolossaal containerschip van de Yang Ming Line glijdt, belt hij om te vragen, te zeggen dat we er over een halfuur zullen zijn.

Lenie bewondert zijn lakjas en past hem. Snel laat ze nog een pas aangeschafte zwarte, doorzichtige rok en een rode blouse met een zwart hesje zien.

Maarten wil niet met de lift naar beneden.

'Nee, dat doe ik niet. Veronderstel dat ik bij vreemden kom te staan die me dan van dichtbij aanstaren.'

'Tot morgen,' zegt Lenie en wuift.

'Tot morgen.'

'Je hebt een lieve zus,' zeg ik als we wegrijden.

'Ja, ze is lief. Ik zie haar morgen weer. Ze komt met haar man en mijn moeder voor mijn verjaardag.'

'Ik dacht dat je volgende maand jarig was.'

'Over zes weken. Maar mijn moeder zei: "Als jij jarig bent is het niet mooi meer in je tuin." Daarom komen ze morgen.'

De dood en het meisje

Was hij geërgerd door de Jehovagetuige die hij op mijn stoep trof, woedend is hij wanneer we langs een moskee rijden.

'Gebouwd door een gereformeerde, wat zeg ik zwáár gereformeerde aannemer! En dat in Maassluis! Hoe is het in godsnaam mogelijk!'

Zijn woede wordt even begeleid door het gesnerp van de remmen en verdwijnt wanneer we de begraafplaats passeren waar zijn vader doodgraver was.

Ik zeg: 'Verkocht hij wel eens het haar van een dode?'

'Ik zou het niet weten, ik geloof van niet. Hoewel een vriend van me, die medicijnen studeerde, hem eens om een schedel vroeg. "Nee, dat doe ik niet," zei mijn vader. Maar later zag ik een schedel op die jongen zijn kamer.'

'Was je er wel eens bij als hij aan het werk was?'

'Eén keer ben ik meegeweest, er moest toen geschoond worden. Ik zag een botje in de aarde naar boven komen en ik werd zo misselijk dat ik ben weggegaan.'

'Zou je er zelf willen liggen?'

'Nee, daar wil ik niet meer liggen, dat is verknald. Maar ik wil wel begraven worden, niet gecremeerd. Zoals de hoofdpersoon in mijn boek citeert: "The grave's a fine and private place." Jij dan niet?'

'Onder de kerkvloer begraven ze niet meer,' zeg ik. 'En ik moet niet denken aan kou en regen over je heen en later alsnog de resten in het vuur. De enige plaats waar ik zou willen liggen, is het Museumplein. Dicht bij de musea, het Concertgebouw, het leven in de stad, lantarens die 's nachts branden, dat zou ik een prettig idee vinden.'

'Ja, dat is een mooie plek.'

'Het leent zich ervoor. Een kerkhof midden in de stad met bijzondere tombes, fonteinen, bankjes, groen, het zou er ook aangenaam voor de levenden zijn. Een perfecte plek voor een bedevaart of een wandeling. Het zou de stad iets van de mystiek teruggeven en er hoeft geen boom voor omgezaagd en geen gebouw voor te verdwijnen. Maar zoiets gebeurt nooit, want bij ziekenhuizen, bejaardentehuizen en kerkhoven denkt een stad altijd: naar buiten toe.'

'Maar niet cremeren hoor, dat is zo zonde van al die hoogwaardige eiwitten die in al die jaren zijn opgebouwd.'

'Sympathie voor de wormen?'

'Desnoods. Ik heb in Engeland eens met mensen gesproken die er wat aan wilden doen. Ze hadden een vereniging opgericht die ervoor pleitte om de doden te vermalen en over het land te verspreiden als mest voor de akkers.'

'Is dat niet een beetje smerig?'

'Ik denk dat het in droge vorm kan.'

'Of inblikken, conserveren,' zeg ik en wijs hem op een slagerij naast het stoplicht, waar in de etalage een plastic rookworst hangt met een doorsnee van een meter. 'In een verhaal van Poe wordt een lijk verkocht als hondevoer. Ik zie niet in waarom we het inderdaad niet eens zouden omdraaien. Al die doden waar niets mee gebeurt, wat een verspilling. Je kan beter opgegeten worden door honden en katten dan door wormen en wat er verder in de aarde woelt.'

En zo springt het onderwerp als vanzelf over op het doel van de reis.

'De dierenarts klinkt nog steeds boos. Maar het is echt waar wat ik bijvoorbeeld schreef over die bouvier die ze liet inslapen of over die cavia die ze voor vijftig gulden opereert, terwijl de mensen volgens haar voor zeven vijftig beter een nieuwe cavia hadden kunnen kopen.'

'Dat maakt haar nog geen slechte dierenarts.'

'Ze kan geen enkele kritiek hebben.'

'Misschien moet je maar zeggen dat je haar een zekere onsterfelijkheid hebt gegeven. Bedenk maar wat. Wijs er anders op dat ze in de flaptekst "een moderne jonge vrouw" wordt genoemd.'

'Omdat ze "even gemakkelijk overschakelt op een andere man als op een ander televisiekanaal". Ik heb haar trouwens gevraagd of ze dat nummer kende dat ze die avond in De Kleine Komedie draaiden, Crucifixion.'

'Crucified.'

'Crucified. Ze had er nog nooit van gehoord.'

'Iemand die van Bruce Springsteen houdt, weet niets van dat soort muziek af. Dat was vroeger ook zo met mensen die van Bob Dylan hielden.'

'Ik weet daar allemaal niets van af. Maar die muziek zou ik nog wel eens willen horen.'

'Je hield je handen tegen je oren, je vond het zo'n lawaai, o, je vond het allemaal zo vreselijk.'

'Vreselijk ja, maar die muziek… het zou wat uitgebreider moeten, er zou bijvoorbeeld een fuga in moeten, maar het had wel wat.'

We nemen de afslag naar het stadje en hij wijst zonder haperen de weg naar een lommerrijke laan.

'Ik moet nog een opdracht in het boek zetten.'

Hij doet het met opeengeklemde lippen. Het zou me verbazen als het níet iets liefdevols is of een spijtbetuiging, daarom doe ik hem onderwijl enige suggesties van andere aard.

'Misschien doet ze alsnog niet open,' zegt hij als hij bij de praktijk aanbelt.

'Verman je,' zeg ik.

De deur wordt automatisch geopend. We wachten in een kleine hal waar een prijslijst hangt van dierenvoeding. Voetstappen komen naderbij, de deur van de wachtkamer gaat open en daar staat de dierenarts in haar witte jas, streng maar bevallig met haar paardestaart en net aangebrachte lippenstift, en met een gezicht dat alles in het werk stelt om boos te kijken. Dat Maarten als een rijzige, blonde vrouw voor haar staat, verandert daar niets aan.

'Was je aan het opereren?' zegt hij.

'Aan het voorbereiden,' zegt ze stuurs en laat ons in de verlaten, schemerige wachtkamer.

Hij reikt haar het boek aan.

'Ik weet het niet,' zegt ze aarzelend.

'Toe nou, wat maakt het nou uit? Nu ik er ben, kan je het maar beter aannemen.'

Ze neemt het boek aan en zegt: 'Misschien geef ik het wel weg.'

'Even naar het toilet,' zegt Maarten.

Dat toilet is twee stappen van waar ik met de dierenarts sta.

'Ik had het niet willen aannemen,' zegt ze.

Ik zeg: 'Hij heeft er wat voor je ingezet.'

'Ook dat nog.'

Maarten houdt zich stil, ik hoor hem niet plassen, niet ritselen, niks. Ik zie mezelf daar ineens staan, in die besloten wachtkamer in een provinciestadje, terwijl hij op anderhalve meter afstand achter een wc-deur zit te luisteren. Het werkt op mijn lachspieren, maar ik denk ook: weglopen en het aan mij overlaten, mooi is dat. Bovendien heb ik een beetje meelij met het meisje, dat er steeds nerveuzer bij staat, nota bene in haar eigen omgeving. Haar blosjes worden dieper en ze beweegt het boek in haar handen of het brandt. Het lijkt me beter de opmerking dat haar een zekere onsterfelijkheid zou zijn toebedeeld, achterwege te laten. Ik zeg: 'Het valt wel mee.'

'Hij heeft me zo dom neergezet,' zegt ze.

'Je speelt een rol in een verhaal, zoiets is altijd overdreven, gestileerd. Hij heeft je nergens als onooglijk of onsmakelijk afgeschilderd. Dus valt het wel mee.'

'Maar de mensen die naar de praktijk komen, ik ben zo bang dat ze me uit het boek herkennen.'

'Hij heeft je een andere naam gegeven en een andere kleur haar.'

'Hij had me een ander beroep kunnen geven.'

'De naam van dit stadje wordt ook niet genoemd. Hoeveel dierenartsen zijn er?'

'Zes.'

'Hoeveel vrouwelijke?'

'Twee.'

'Kijk eens aan, dan is er nog keus. Sorry, dat is flauw. Maar ik denk niet dat je bang hoeft te zijn, er zijn zoveel plaatsen in Nederland. En in een volgend boek is zijn hoofdpersoon wel weer met iets anders bezig.'

'Ik weet het niet.'

'Je kunt maar beter niet met een schrijver omgaan en zeker niet met hem,' zeg ik met een knikje naar de wc-deur. 'Verwachtte je dan niet dat hij over je zou schrijven?'

Meer verlegen dan boos zegt ze: 'Niet zó.'

Maarten komt te voorschijn en zegt: 'Ik vind ook dat het reuze meevalt, je zal heus geen last krijgen. En ik zal je nog wat vertellen: als je de mensen niet noemt in je boeken, worden ze kwaad.'

'Toch weet ik niet zeker of ik het boek wel zal houden,' zegt ze.

En dan geven we een hand en laten haar met de vrucht van haar verhouding met een schrijver achter.

Het eerste dat hij me zegt, is: 'Ik ben expres gaan plassen.'

'Dat vond je zeker handig in die netelige situatie?'

'Ik denk het.'

'Wat een held.'

'Ik hoorde je wel. Weet je wat raar is? Dat het me niet meer zo'n pijn deed als vroeger om haar te zien.'

'Dat is prettig voor je, zolang het duurt. Welke kant zal ik oprijden?'

'O, laten we hier maar snel keren, want het was even verderop dat de ruiten in haar auto zo besloegen, toen ik met haar zoende.'

Met het nodige gepiep keer ik de auto, maar ook zonder zoenen beslaan de ruiten. Ik draai het raampje aan mijn kant open, krijg het koud en zet de verwarming hoger en de blower aan. Ik zet ook mijn kraag op. Maarten doet zijn jas juist uit en houdt zijn hand boven de luchtstroom bij het raam.

'Lekker koel,' zegt hij.

'Koel?' Ik houd mijn hand bij het raam. 'Ik voel toch echt warme lucht.'

'Voor mij is het koel. Maar ja, ik heb een hoge verbranding en een hogere temperatuur, daarom leef ik graag in een koude omgeving.'

'Ja,' zeg ik en ik denk aan zijn huis dat mij te koud is, en aan mijn eigen huis waar hij na een halfuur het balkon opzoekt.

Hij kleedt zich om in het biologisch laboratorium, tussen grote groene aquaria waarop de tekens ♂ en ♀ staan en waarin slechts een enkel stekelbaarsje zwemt.

Hij wast zich snel en ruw.

'Is alles eraf?'

164

Ik kijk naar zijn gezicht en zeg dat er nog wat zwart bij zijn ogen zit.

Hij zegt: 'Een stukje zeep. Daarvoor moet ik een verdieping lager.'

Met een rood gezicht komt hij terug. De pruik, de paskop, de kleren, ook de leren broek, gaan in de koffer. Maar de koffer wil niet dicht en moet horizontaal naar de auto worden gedragen.

Onderweg voelt hij aan zijn schedel en verzucht: 'Het is zo heerlijk als je daar met je vingers in kunt. Ik mis het echt.'

Thuis draagt hij alleen het pak boeken naar binnen. De koffer legt hij achter een struik.

'Dat doe ik altijd zo, tot ik het rustig op kan bergen.'

Ik heb met hem te doen. God, wat treurig, dat gehannes, dat vermoeiende dubbelbestaan, en niet alleen voor hem. Maar misschien vergis ik me waar het hem betreft.

'Als jij me ophaalt of als ik ermee naar het station moet, staan mijn spullen ook al achter de struiken,' zegt hij met een stem waarin geen droeve noot doorklinkt. 'Die heb ik dan 's morgens, heel vroeg al, verstopt.'

De kool, de prei, de wortelen

Maria houdt van boeken. Het is niet de enige reden waarom ze een aardige boekhandel heeft. Ze steekt er energie in, veel energie, en ze laat haar kleine, goed voorziene winkel opvallen door iedere week de etalage te veranderen, om te toveren soms tot een kijkdoos. Een boektitel, een fragment, een thema, een schrijver, elke keer weer weet ze iets te kiezen en uit te beelden. Maar wat er ook is uitgestald, haar kat vindt er altijd een plekje. Deze keer ligt hij in een krul te slapen tussen vergane lekkernijen: opgezette karpers, baarzen, bolronde stekelvissen en een snoek met stro in de bek. De vissen zien er licht en breekbaar uit, maar zijn gevuld met gips.

Tegen het glas hangt een uitvergroting van de advertentie die in de krant stond en waarvan de kop luidt: *Maartje 't Hart signeert*. Een meneer heeft al opgebeld en kwaad geroepen: 'Wat is dit voor onsmakelijke grap?'

De grappenmaker is in het smalle keukentje achter de winkel, waar hij zich ook heeft verkleed. Af en toe loert er iemand tussen de vissen en de boeken door om te zien of hij al in de winkel is, maar het is nog geen drie uur. Bovendien wil hij eruit, naar buiten, de Oude Binnenweg op waar het nu op z'n drukst is.

Ik zeg: 'Het is vijf voor drie.'

'Dan kan ik dus nog makkelijk een stukje op en neer. Het is juist goed als ik dan precies om drie uur binnenstap.'

En dan gaan we eruit, naar buiten, de Oude Binnenweg op. We staan stil voor een paar etalages, maar hij kijkt niet echt. Het gaat hem om de drom mensen op straat. Hij beschouwt ze als een publiek en constateert: 'Ze zien het niet… Lang niet iedereen ziet me…'

Het is weer onduidelijk of hij nou wel gezien, niet gezien of genegeerd wil worden. Ik zeg: 'Je zou zo eens met een kerel moeten lopen.'

'Van Dis zei me een keer dat hij dat wel zou willen.'

'Ik bedoel een echte kerel.'

In de winkel wachten al een paar mensen bij het tafeltje waar zijn tot nu toe gepubliceerde boeken op een stapel liggen. De eerste die een handtekening wil, is een man die zegt: 'Signeren maar weer hè?'

De tweede is een vrouw: 'Mag ik u ook vragen: bent u als Maartje dezelfde?'

Maarten: 'Ze zijn allebei anders.'

Een jongeman met een hoed: 'Doe je dit nou vaker?'

Maarten: 'Nee, ik heb nog nooit als dame gesigneerd.'

Een vrouw: 'Wat zie je er mooi uit.'

Maarten: 'Beetje warm alleen.'

De vrouw: 'Beetje warm, zal best.'

Een man: 'De namen in uw boek *De steile helling*, zijn die waar? Want ik heet als een van die mensen.'

Maarten: 'Ja, dat zijn Maassluise namen.'

De man: 'Dank u.'

Een vrouw die een tijdje op de trap heeft staan toekijken, komt op hem af en zegt: 'Zet er maar in "Voor Jet". Want Jet ligt in het ziekenhuis, in quarantaine.'

Een andere vrouw kijkt eerst fronsend op zijn kruin neer en zegt dan: 'Volgende keer moet je je nagels lakken. Er moet altijd iets zijn wat je kunt verbeteren.'

Wanneer nog een vrouw iets over zijn nagels opmerkt, eraan toevoegend: 'Dat doet erg af aan de rest,' zet hij zijn tasje op schoot. Hij haalt er een doosje nagels uit – een nieuw soort dat van zichzelf al rood is – en begint zo snel hij kan met trillende handen te plakken.

Een man die op John Cleese lijkt, beent naar het tafeltje: 'Het is jammer dat u verkleed bent, maar het moet kunnen.' Achter hem zegt een vriend: 'Iets naar voren, Nico!' en neemt een foto. Maartens handen komen boven tafel en met zijn lange rode nagels slaat hij het boek open op de eerste pagina en zet zijn naam.

Een andere man: 'Bent u er al achter of de vissersboot op veertien mei negentien veertig is uitgevaren?'

Maarten: 'Lou de Jong zegt van wel, maar het visserijmuseum zegt van niet. De vraag is dus of het een reguliere vissersboot was.'

Een vrouw: 'Heeft u dit allemaal geschreven?' Ze telt de boeken op het tafeltje en zegt: 'Eenentwintig.'

Maarten: 'Dat klopt niet, dit is mijn vierentwintigste boek.'

Een slanke, wat donkere vrouw staat gebiologeerd naar hem te kijken voor ze op hem af komt. Ze legt zijn boek *Ratten* voor hem neer: 'Wil je hier iets in zetten? En dan wil ik je nog wat vragen. Ik heb namelijk een rat die een week in een pot heeft gezeten en die nu zo bang is.'

Maarten: 'Je moet geduld hebben, je hebt kans dat die angst overgaat.'

De vrouw: 'Jij kende Dick ook... Hij durfde niet zo met die travestie naar buiten te komen als jij. Hij heeft jou daarover geschreven hè? Heb jij die brieven nog?'

'Ja, die heb ik, mooie brieven.'

'Dick kon er niet genoeg van krijgen. Hij kwam een avond per week bij mij. Ik maakte hem op. Ik heb honderden foto's van hem. Omdat ik geen televisie heb, had ik je nog niet zo gezien.'

'En hoe vind je het?'

'Leuk. Zal ik je een keer opzoeken?'

'Ik zoek jou wel op,' zegt hij bijdehand.

Ze geeft hem haar adres en hij overhandigt haar *Ratten*.

Een vrouw met een kunstarm wil met hem op de foto. Een man van zijn eigen leeftijd gaat breed lachend op hem af: 'Ik vind de vermomming fantastisch, godverdomme. 't Was toch Martha?'

'Nee, 't is Maartje.'

'Ik vind Martha mooier.'

'Nou, dan zetten we dat er toch in.'

Een echtpaar kijkt zoekend rond. 'Waar zit hij nou?' zegt de een, 'ik zie hem niet.'

'Daar,' zegt de ander.

'Gut, is dat 'm?'

Ze blijven even doodstil staan kijken en lopen dan de winkel uit.

Een vrouw: 'En, gaat het zo, hier zitten?'

Maarten: 'Sommige mensen zeggen dat het niks is.'

De vrouw: 'Ga weg.'

Twee zusters en een klein meisje, die al eerder binnen waren, komen terug. De moeder van het meisje zegt: 'Ze wil weten waarom u dat doet. Nou, zeg dan eens wat je ervan vindt, Sas.'

Het meisje giechelt. De moeder draait een boek om en houdt het fotootje op het achterplat voor haar dochtertje op. 'Kijk Sas, dit is hem in het echt.'

Het meisje blijft giechelen. 'Nou?' zegt de moeder, en dan giechelen ze alle drie. Maarten kijkt het zwijgend aan.

De zuster: 'Toch vind ik hem zo beter dan als man.'

De moeder: 'Ik ben er nog niet uit. Normaal is hij kaal en dan is het toch wel erg makkelijk om je te veranderen met een pruik en make-up.'

'Daarom doe ik het ook,' zegt Maarten.

Vroeg in de avond gaan we restaurant Le München binnen waar juist de jas wordt aangenomen van Peter Greenaway, een kunstenaar wiens visie op voedsel en mensenvlees even fijnzinnig als zwartgallig is.

De jonge ober in zijn Parijse schort noemt met een onvervalst Rotterdamse tongval de gerechten buiten de kaart en prijst de ree met peer als 'ree met père'.

'Voor mij geen ree,' zegt Maria, 'dan denk ik altijd dat het overreden is.'

Maarten wil op een andere stoel zitten zodat hij zichzelf in de grote wandspiegel kan zien. Hij zet zijn tasje op tafel en Maria vraagt of ze erin mag kijken.

'Echt een damestasje,' zegt ze. 'Ik dacht even dat er een tampon in zat. Dat kan toch, je kan toch een bloedneus krijgen?'

Omdat er voor een tweede bezetting is gereserveerd, is het de bedoeling dat er niet al te langzaam gegeten wordt. Maar voor Maarten kan het allemaal nog wel vlugger. Tijdens het hoofdgerecht schrikt hij ineens op en roept: 'De geit! Ik heb de geit niet goed vastgezet! Er kwam een fotograaf en ik dacht: ik zet 'm wel vast als die man weg is, o jee!'

'Waarom zou hij in het donker weglopen?' zeg ik.

'Hij loopt niet weg, hij gaat op mijn groenten af.'

'Laat hem er wat van eten.'

'Dat is 't 'm nu juist, hij gaat door met alles eruit te trekken. De kool, de prei, de wortelen, alles wroet hij te voorschijn.'

In een nog rapper tempo eet hij zijn bord leeg. Maria en ik kijken elkaar met opgetrokken wenkbrauwen aan.

'En het dessert dan?' zegt Maria.

'Dat lust ik nog wel, maar het moet niet te lang duren, want ik kan nu niet meer rustig zitten.'

De ober wordt gewenkt en om voorrang voor twee desserts gevraagd. 'Wij eten het straks wèl gewoon,' zegt Maria.

Binnen tien minuten is het dessert verdwenen en krijgen we onze jas aangereikt.

'Wat jammer nou,' zegt Maria, terwijl we ons naar de winkel haasten om de bagage op te halen.

'Ja,' zegt hij, 'maar er is niets aan te doen, ik moet naar huis.'

'Dat was niet leuk voor Maria,' zeg ik wanneer we met grote passen naar het station lopen.

'Nee, maar ik word zo onrustig door die geit. Ik vond het ook wel laat genoeg.'

'Maarten, het is nog geen acht uur.'

'Ik popel ook om voor het eerst als dame in de trein te zitten.'

We lopen langs een kerk waarop in grote letters staat: OVERWIN HET KWADE DOOR HET GOEDE.

'Straks stap ik dus echt in,' zegt hij in de stationshal. 'Ik heb ooit met Hanneke om honderd gulden gewed. Mooi, die kan ze me nu geven. Nou ja, morgenochtend, want ze komt vanavond pas laat thuis.'

Wanneer de trein het station binnen rolt, zegt hij: 'En als de conducteur nou komt en m'n railpas vraagt?'

'Ik hoop het,' zeg ik.

'Dan kijkt hij van mij naar die foto…'

'En van die foto weer naar jou. Zullen we midden in de wagen gaan zitten?'

'Nee, o nee.'

'Wil je niet een stukje door de trein lopen?'

'Ik wil wel, maar ik durf niet.'

Hij schiet de werkcoupé binnen, gaat naast het donkere raam zitten, kijkt erin, staat op om in het spiegeltje boven de bank te kijken en zegt: 'Het is toch wel zo dat ik elke keer weer een stap verder wil gaan. Nu, door die pruik, bedenk ik dan de volgende.'

'Het blijkt dat je door hormonen niet alleen een verlangen naar kinderen baren krijgt, maar ook een verhoogde kans op borstkanker.'

'Die borsten, dat is niks, dat wordt een en al gezwellen en dat wil ik niet.' Hij trekt zijn trui strak. 'Zo gaat het ook.'

'Wat zou je volgende stap dan zijn?'

'Mijn baard. Je kunt die haartjes één voor één laten verwijderen, de wortels maken ze dood.'

'En dan langzaam maar zeker een vrouw worden. Een schrijfster. Pas maar op. Ik gaf een lezing in Utrecht, er kwam een studente naar me toe en die vertelde me dat haar docent beweerde dat er in Nederland niet één vrouw was die schrijven kon.'

'Ja ja, zulke schandalige dingen doceren ze tegenwoordig. Het hele literaire circuit deugt niet. Maar ik laat 'm er niet afhalen, nee hoor.'

'Zeg jij nou eens wat hèt verschil is tussen een man en een vrouw.'

Hij zwijgt even, haalt zijn schouders op en zegt: 'Ik weet het niet, weet jij het?'

'Jij lijkt op je moeder, ik op mijn vader. Vrouwen baren zonen, mannen verwekken dochters. Streep tegen elkaar weg en de uitkomst is nul. Nee, ik weet het ook niet. Ik dacht trouwens dat je een bok had in plaats van een geit.'

'Daar heb ik nou de hele tijd niet aan gedacht, jeetje, wat zal hij allemaal aangericht hebben!'

In Leiden stap ik uit en loop met hem mee naar de taxistandplaats.

'Zo in een taxi, dat is ook de eerste keer. Gelukkig is er geen conducteur langs geweest, maar nu moet ik hier doorheen... En als de taxichauffeur me nou niet mee wil nemen?'

'Dan probeer je de volgende.'

De chauffeur van de voorste wagen stapt al uit, zegt: 'Dag dames,' en wil Maartens bagage overnemen.

'Het gaat zo wel, chauffeur,' zegt Maarten, en dan

doet hij iets vreemds: hij zet zijn koffer en tas op de achterbank en gaat voorin zitten.

De wagen start. Maarten zwaait. Hij trekt het haar over zijn linkerwang en begint te praten.

Goedemiddag, goedenavond, goedemorgen

Goedemiddag

'... Dat was een leuke rit gisteravond.'

'Je ging voorin zitten.'

'Moet dat niet?'

'Die plaats is voor mannen of oude vrouwen die slecht ter been zijn. Zo bang was je dus niet voor die chauffeur.'

'Nee, hij was reuze aardig. Ik zei tegen hem: U zei "Dag dames," maar het was er maar één. Hij zei: "We zijn wel wat gewend." En toen vertelde hij dat hij al twee maal verkleed als vrouw naar een feestje was gegaan.'

'En hoe was het met de geit?'

'De geit, ja hoor, die had twaalf stokken prei losgetrokken.'

'Prei kost niks.'

'Daar gaat het niet om, het gaat erom dat het me werk heeft gekost.'

'Twaalf stokken...'

'Ja, dat is zonde. Maar ik zit met nog iets, iets heel anders. Misschien kun jij me helpen. Ik heb namelijk voor de brandweer een verhaal geschreven. Ze vieren hun honderdvijftigjarig bestaan en wilden een boekje maken.

Ik dacht dat het om meer artikelen zou gaan, maar nu blijkt alleen mijn verhaal een boekje te worden, en ze hebben me gevraagd of ik het eerste exemplaar wil aanbieden aan de koningin, in de Ridderzaal. Dat wil ik best doen, maar ja, ik zou het dan zo graag als dame willen doen… Ben je er nog?'

'Ja, ik ben er nog.'

'Wat denk je dat ze ervan zullen zeggen?'

'Kun je niet iets anders bedenken, in een ouderwets uniform van de brandweer gaan, of in het rood als vlam, zoiets.'

'Maar ik wil zo graag zelf als koningin, in mijn blauwe pakje… Wat zal ik doen?'

'Opbellen en zeggen dat je dat wilt.'

'Ik zou kunnen zeggen dat ik als man geen mooi pak heb.'

'Dan laten ze je misschien een pak kopen.'

'Dat is wel goed, maar niet wat ik wil.'

'Als de brandweer nee zegt, schrijf je Beatrix een brief.'

'Ja, je hebt best kans dat zij het goed vindt.'

'Je bent niet de eerste travestiet die ze ziet. Ik begin er trouwens ook steeds meer te zien, op straat, in de supermarkt, op de televisie, zo'n lezeres van het journaal, politici, actrices. Je kunt ook gaan zonder toestemming te vragen, als je per se wil.'

'Nee, dat doe ik liever niet.'

'Daar sta je straks dan misschien tussen de spuitgasten.'

'Spuitgasten! O, wat een woord… spuitgasten… De koningin tussen de spuitgasten.'

'… Je belt laat voor jouw doen.'

'Ik kom net van die lezing in Den Haag, in de Regentenkamer.'

'Hoe ben je gegaan?'

'Die lesbische secretaresse heeft me weer gereden.'

'Wat had je aan?'

'Het blauwe pakje.'

'Zat het vol?'

'Helemaal vol, voornamelijk vrouwen, een paar mannen maar. De organisatrice had het angstzweet in haar handen, zei ze.'

'Waarom?'

'Ze waren nogal gechoqueerd. Ik hoop niet dat het zondag zo in Leeuwarden zal gaan, want in Den Haag waren ze onaardig, agressief. Er waren vrouwen die me kwamen zeggen dat het pakje me niet stond, vooral niet met die pruik. Een man zei: "Moet dat nou?" Het was niet leuk. De vrouw van de burgemeester vond het ook niks, terwijl die tante er zelf uitziet als een pot, met haar colbert en pantalon.'

'Was er pers?'

'Er werden foto's gemaakt en ik geloof dat ik inderdaad een journaliste zag.'

'Dat voorspelt weinig goeds voor het feest van de brandweer.'

'Ik heb nog steeds die man van de brandweer niet gebeld, ik durf niet.'

'Wil je nog wel?'

'Dolgraag, maar ik durf het absoluut niet te zeggen.'

'Zal ik het proberen?'

'O ja, doe jij het?'

'Wie moet ik bellen?'

'Het nummer ligt in de kamer, wacht even... Hier ben ik al.'

'Je hebt je nog niet omgekleed.'

'Hoe weet je dat?'

'Ik hoorde het getik van je hakjes.'

'O. Hahaha. Hier is het nummer van meneer K.'

Goedemorgen

'... Hij had u al eerder willen bellen naar aanleiding van uw verzoek.'

'Even een kleine onderbreking: het is niet het honderdvijftig- maar het vijfenzeventigjarig jubileum van de Koninklijke Nederlandse Brandweer Vereniging.'

'Neemt u me niet kwalijk.'

'Het boekje van de heer 't Hart zal in de Ridderzaal worden aangeboden.'

'Ja, dat heb ik begrepen. Hij zal zeker aanwezig zijn en zal u daarover nog bellen, maar er is ook een vraag gerezen die ik u misschien wat makkelijker stel dan hij. Vandaar dat ik u eerst bel.'

'Ja?'

'U bent er misschien van op de hoogte dat hij niet graag alle dagen een man is.'

'Ja?'

'Hij zou zo graag – en wanneer u zegt dat het onmogelijk is, heeft hij daar alle begrip voor – maar goed, hij zou graag in die andere gedaante verschijnen, als vrouw dus het boekje aanbieden.'

'Maar nee... U overvalt me ermee, maar het lijkt me dat we daar niet eens over hoeven te denken. Met alle respect, maar we willen toch niet dat iemand zich gegeneerd zou voelen, vooral de koningin niet.'

'Die dat misschien helemaal niet erg vindt.'

'Maar dat weet je niet. Daar kunnen we niet van uit-
gaan. We denken er trouwens over om toch twee brandweerlieden het boekje te laten aanbieden en de heer 't
Hart op de voorste rij te laten zitten.'

'Het was maar een idee.'

En 't verdrongen leven adem schept

In het Oranjehotel worden we opgewacht door meneer Betten, die de literaire middag voor de Stichting Vrienden van de Openbare Bibliotheek Leeuwarden heeft georganiseerd. Terwijl hij ons voorgaat, schiet een oude dame ons aan en zegt tegen mij: 'Meneer 't Hart?'

Ze heeft een foto waarop haar moeder met iemand staat die vermoedelijk Maartens grootmoeder is en ze wil weten of hij haar moeder nog kent. Ze loopt mee de eetzaal in, waar normaal uitsluitend 's avonds gegeten wordt en waar dan ook geen mens zit, en ze gaat pas weg als het hoofdgerecht arriveert. En dan zitten we alleen, bij het raam, en zien het publiek in groepjes van twee, drie, vier mensen op het hotel af komen. Het is zondagmiddag en het regent. Maar deze voor een lezing gunstige omstandigheden zijn al niet meer van invloed op de kaartverkoop, want volgens meneer Betten zijn de kaarten allang uitverkocht.

We nemen nog eens door hoe we het programma zullen indelen. Eerst het betoog over de nadelen van het man- en de voordelen van het vrouw-zijn? Of eerst het *Vier centen onder je rok*-stukje? En misschien moet ik dan, conform de afspraak, direct daarna zelf wat voorlezen? Of toch maar eerst een interview?

'Ik heb nog nooit iemand in het openbaar ondervraagd,' zeg ik. 'Ik vind het vreselijk.'

'En ik dan?' zegt hij. 'Ik krijg het ook benauwd. Het is jouw schuld dat ik hier als dame zit.'

'Nee, die is mooi. Wie moest er zo nodig in een jurk op het boekenbal verschijnen en de kranten halen? Je staat nu ook al in de boulevardbladen en je hebt je laatst ook weer in een of ander gat laten interviewen en fotograferen. En wat staat er dan in de plaatselijke streek- en huis-aan-huiskranten? Dat je een boek over jezelf aan het schrijven bent met de titel *Vrouw te zijn maar eeuwig jong.*'

'Je weet dat dat niet waar is. Ik denk dat ik het niet kan. En als ik het al ooit zou doen, is het op z'n minst over tien jaar.'

'In het programma van Paul Haenen zei je dat je alleen als man pathologisch liegt, nou, ik weet wel beter. Je zegt soms maar wat. Wil je mijn aardappels soms ook nog?'

'Ja hoor. Vlak na dat programma heb ik trouwens een aanbod gehad om een talkshow te doen voor televisie.'

'Wat heb je gezegd?'

'We hebben een afspraak gemaakt om erover te praten. Ik heb het nog niet tegen Hanneke verteld. Ik moet er zelf ook nog goed over nadenken. Als jij me nou straks interviewt, vraag me dan ook of er boeken van invloed zijn geweest. Dan kan ik het hebben over *Een Zwitserse Robinson* en *Reis door de Nacht* van Anne de Vries.'

'Ik zeg dan ook dat de mensen na de pauze vragen kunnen stellen of, als ze dat liever willen, dat door een briefje kunnen doen.'

Na de voor dit tijdstip nogal overvloedige maaltijd, haalt meneer Betten ons op. 'Er is zelfs zoveel belangstelling,' zegt hij, 'dat het hotel de drie zalen aaneen heeft gevoegd.'

Boven de ingangen staat: *Hofzaal, Kroonzaal* en *Ridderzaal.*

'Heb je de brief in verband met de Ridderzaal nog geschreven?' vraag ik Maarten zacht.

'Nee, ik ga toch maar gewoon. Al is de helft van de lol er wel af.'

'En van puur enthousiasme,' zegt meneer Betten, 'hebben we ons ook nog een piano aangeschaft. Een pianiste zal er de muziek uit het nieuwe boek op spelen.'

De mensen in de grote zaal zitten achter keurig gedekte tafeltjes. Een grote ronde tafel met bronwater, koekjes en bonbons staat op een laag podium. Mijn hart bonst in mijn keel als ik een inleidend praatje houd en het gaat ook niet over wanneer Maarten achter de katheder zijn 'Vier-centen-stukje' voorleest, want ik weet dat het maar een kort stukje is. Het gaat over een oud dametje dat een jongeman van repliek dient omdat deze voor Maartens zonde wil bidden, en het ontlokt al direct een lach als het dametje zegt: 'U wilt voor die schrijver bidden omdat hij af en toe een paar kousen wil aantrekken? Meneer, ik trek al vijfenzeventig jaar kousen aan, denkt u niet dat er dan wel meer reden is om voor mij te bidden!' Wanneer het oudje zegt: 'Dus meneer 't Hart, wees gerust, straks mag u in een mooie witte bruidsjurk voor Gods troon de Heer prijzen,' weet ik dat het stukje bijna is afgelopen. Ik kijk de zaal in. Oudere dames en heren, vriendinnen van middelbare leeftijd, een paar kinderen. Ze klappen, Maarten gaat weer naast me zitten. Als vanzelf is het eerste onderwerp kousen, hierna volgen de bijbel en *Some like it hot*, en dan springt het weer onvermijdelijk terug op allerhande damesattributen en kan ik hem vragen zijn betoog over de voor- en nadelen te houden.

En achter de katheder haalt hij het allemaal aan: dat in de dierenwereld, in tegenstelling tot de mensenwereld, de mannetjes mooier zijn dan de vrouwtjes, op een enkele uitzondering als het Jezus Christusvogeltje na. Dat het uiterlijk van mannen saai is, geen fraai kapsel, geen make-up, geen oorbellen. Dat hij als kind al een meisje wilde zijn en breide en borduurde. Dat het oneerlijk is dat vrouwen wel een broek, jongenshaar en laarzen mogen dragen en mannen niet eens een rok. Dat een vrouw, als ze een koning trouwt, koningin wordt, maar een man het niet verder brengt dan prins. Dat de achternaam Prins wel maar Prinses niet bestaat en een vrouw dus ook nog Prins kan heten. Dat meisjes niet in dienst hoeven. Dat ze minder straf krijgen. Dat ze kinderen kunnen krijgen. Dat ze, omdat ze minder zouden zijn, meer mogen. Dat ze al met al een leuker bestaan hebben en toch klagen. Dat hij 'een vrouw in het diepst van zijn gedachten is'.

Hij heeft er flink de tijd voor genomen en ik kondig aan dat het pauze is. De pianiste begint te spelen: Scarlatti.

'Er komt in mijn boek helemaal geen Scarlatti voor,' zegt Maarten.

Het is mooie muziek die helaas overstemd wordt door het uitserveren van de *thé complet* en het praten en rondlopen van het publiek. Af en toe komt er iemand naar onze tafel. Iets vragen, iets zeggen, of een geschreven vraag – op een toegevouwen blaadje uit een blocnote, de achterzijde van een strook met 'Gereserveerd' of een stencil, of een servetje van het hotel – neerleggen. Het kleinste papiertje is een kassabon, waarop meneer Betten heeft geschreven: 'Kunt u Maarten 't Hart ook even piano laten spelen tot slot van de middag?' Ik laat het Maarten lezen, maar hij schudt zijn hoofd en steekt zijn handen met de lange nagels op. Meneer Betten kijkt wat sip en het spijt me voor hem.

De langste tekst is van iemand die zegt blij te zijn dat hij zijn vraag op schrift mag zetten en dan zes vragen stelt: 'Ik vraag mij af: a) of u uw benen en enkels onthaart, b) welke cup bh u prefereert, want waarom heeft u een doorsneecup als u er uitzonderlijk uitziet.' Etcetera.

Een andere lange vraag is vooral een verwijt: 'U benijdt vrouwen omdat ze zich o.a. zo kleurrijk kunnen kleden, maar waarom doet u dan zo'n zwarte coltrui aan? En die pruik, vreselijk! Uw ideaal is een vrouw waar iedere vrouw van gruwt!' Eindigend met: 'U zou de ideale vrouw voor mijn vader zijn: 81 jaar en gereformeerd.'

Er is meer protest: 'Deze te nadrukkelijke aandacht voor uw probleem riekt naar een nieuwe verkooptechniek.'

En op een briefje waarop ik aanvankelijk lees 'Moet hij 20 croquetten,' blijkt te staan: 'Moet hij zo coquetteren met zijn habitus? Dit is een literaire bijeenkomst!'

De helft van de briefjes is mild, begaan, getuigend van een zeker medeleven met zijn gereformeerde jeugd. Niet iedereen ziet hetzelfde, zoveel is wel weer duidelijk. Dat blijkt ook uit vragen die mensen in de zaal stellen:

'Doet u dit soms om een nieuwe geldstroom aan te boren?'

'Misschien staat meneer zelf rood,' suggereer ik, maar Maarten roept verbolgen: 'Daar hoef ik het in ieder geval niet voor te doen!'

'Wat heeft uw verkleed zijn met literatuur te maken?'

'Het heeft met mij te maken,' zegt hij, 'dus ook met mijn werk. Ik begrijp niet waarom ik bij een lezing in mannenkleren nóóit en in vrouwenkleren àltijd commentaar krijg.'

'Je trekt niet alleen vrouwenkleren aan,' zeg ik. 'Je vult je trui ook nog op.'

'Ja, je wilt toch meer, meer een vrouw zijn. Dus je adamsappel bedekken, en borsten wil je.'

'Dat gaat voor een vrouw die een man wil zijn dus niet op wanneer ze zwaar geschapen is.'

Hij kijkt me verbouwereerd aan en zegt: 'Ja, dat is wel zo.'

Hierna zijn er voor ons allebei nog een paar doorsneevragen en lezen we wat voor, hij uit zijn laatste boek en ik, met het oog op de kinderen, een paar versjes. Tot slot spreekt de heer Du Perron, die zich een charmant en welbespraakt voorzitter van de stichting toont, een dankwoord. Hij laat zich ietwat dubbelzinnig uit over de Friese kummelkoekjes die hij de pianiste en ons van plan is te overhandigen, maar tipt de naam van een andere lekkernij die we mee naar huis krijgen als een pseudoniem voor Maarten, mede gezien zijn initialen: Mata Hari-bonbons.

Er wordt nog wat gesigneerd, nog wat gedronken en nagepraat, en we besluiten de middag in het hotel met een bezoek aan het damestoilet.

'Dat "zwaar geschapen", daar had je me mee,' zegt hij. 'Daarom is een broek ook lastig.'

'Een broek? Ik had het over zwaar geschapen vrouwen.'

'O, niet over een man dus... Toch is het wel zo dat het lastig is.'

Onder storm, slagregens, donder en bliksem rijden we over de afsluitdijk. Maarten verheft zijn stem en citeert Vasalis:

'De bus rijdt als een kamer door de nacht,
de weg is recht, de dijk is eindeloos,
links ligt de zee, getemd maar rusteloos,
wij kijken uit, een kleine maan schijnt zacht.'

'Mooi,' zeg ik.

'Ja hè... En dit, dit is uit een ander gedicht:

'Ik zag de tremor van de zee,
zijn zwellen en weer haastig slinken,
zoals een grote keel kan drinken.
En dag en nacht van korte duur
vlammen en doven: flakkrend vuur.'

'Heel mooi,' zeg ik, 'en erg toepasselijk.'

'Dit is ook mooi, van Bloem: "Huiswaarts reizende":

In den trein. De tijd vergaat met dromen.
Op de ruitjes wiegelt avondrood.
Als ik bij u ben gekomen,
ben ik weer wat nader bij mijn dood...'

Terwijl hij de laatste regel declameert, klieven op twee plaatsen enorme bliksemschichten de hemel en ik zeg: 'Het is prachtig, maar ik wil nog wel levend thuiskomen.'

'Of dit, ook van Bloem, dit is ook zo ontzettend mooi,' en hij begint plechtstatig:

'Als de fulpen zomerhemel donkert,
de avondwind zijn schuchtre vleugels rept,
de eerste groene ster aandoenlijk flonkert,
en 't verdrongen leven adem schept...'

In Amsterdam wil hij per se, ondanks het noodweer, een wandeling maken. Ik zeg: 'Neem mijn sjaal mee.'

'Ik heb het niet koud.'

'Dan kan je 'm om je hoofd doen voor je pruik wegwaait.'

Vijf minuten later is hij terug. 'Het stormt veel te hard,' zegt hij, en terwijl hij voor de spiegel zijn verwaaide uiterlijk fatsoeneert: 'Het lijkt wel of iedereen in deze buurt tegelijk zijn hond uitlaat. Mijn eigen hond is loops en ik kreeg ze stuk voor stuk achter me aan... O, en weet je wie ik ook een luchtje zag scheppen? Schrijver John Peereboom, hij keek naar me.'

'Hoe?'

Overdreven bekijkt hij zich van top tot teen in de spiegel. 'Zo keek hij, en ik zag het wel: ik viel niet in de smaak. Maar ik geloof dat ik op dat moment wèl vijf honden achter me aan had.'

Andere stemmen

De onrustige man die naar boven gaat.

De rustige vrouw die beneden komt.

Het gaat niet elke keer zo. Soms komt hij al ontspannen aan, en hij kan beneden komen met een blik die uitdagend, schalks is.

Als man kan hij zeggen: 'Wat is het merk van je mascara? Hij blijft zo goed zitten.' Een opmerking die vroeger niet over zijn lippen zou zijn gekomen. Als vrouw kan hij zich bij het verslag van een voetbalwedstrijd opwinden over een gemist doelpunt of, als hij te laat is om zelf *Studio sport* te zien, vragen naar de uitslag van Ajax –Twente. En dan weet hij niet alleen op welke plaats Feyenoord en FC Den Haag daardoor in de eredivisie staan, maar ook wat de uitslag van Twente – Ajax ruim twintig jaar geleden was. ('Toen Dick van Dijk nog bij Twente speelde en drie maal scoorde.')

Ik heb wel eens gedacht dat hij iedereen voor de mal hield, te meer omdat hij om zichzelf lachen kan. Maar zo'n grap is geen jarenlang vol te houden en hij heeft er veel voor over.

Waar het dan vandaan komt? Door voorvallen in zijn jeugd? De gereformeerde opvoeding? En al die duizenden anderen dan? Hij heeft er heus wel wat van overgehouden. Hij kan nog steeds bestraffend spreken over bijvoorbeeld een kerstboom als iets lichtzinnigs, daar vergevingsgezind aan toevoegend: 'Als het er in ieder geval maar niet een is met van die gekleurde lampjes.'

En zijn eigen kleurige garderobe dan, zijn frivole oorbellen? Of die avond toen hij mee wilde naar *Fidelio*? Ik schold hem uit voor alles en nog wat omdat we door zijn gejuffer te laat dreigden te komen. De parkeergarage was vol en we moesten de halve Plantage-buurt doorlopen, in de stromende regen, hij op *open* schoentjes, midden in november. 'O, had ik maar nooit gezegd dat ik mee wou,' klonk het naast me. 'Kan ik nog terug? Oogt m'n pruik nog? Is hij niet drijfnat? Straks mag ik er niet in... Ik ben zo bang tussen al die mensen te zitten.' In de pauze dook hij weg achter een pilaar. Maar dan, ineens, wilde hij opbellen naar huis om te zeggen dat hij pas na elf uur thuis zou zijn, en hij liep de foyers door, de twee trappen af, dwars tussen de bezoekers door, naar de telefoon bij de ingang.

Hij zegt dit, hij doet dat, hij maakt er soms een potje van en heeft dan wel eens pech. Voelde hij zich teleurgesteld door het publiek bij zijn optreden in Den Haag, de organisatie in Den Haag was het niet minder:

'De mensen vonden dat hij er niet uitzag. Mevrouw Havermans, de vrouw van de burgemeester, zei ook: "Doe dan een mooie blouse aan en een mooi sieraad." Hij maakte de mensen agressief, daar kwam het eigenlijk door. Hij zei dat hij alleen maar een jonge dame wilde zijn en geen oude vrouw. Had je ze moeten horen! En dan dat verhaal over die natuur, die mooie vogeltjes! Het ergste was dat hij vond dat zijn vrouw er maar aan moest leren wennen. Hij had ook geen weerwoord op wat de mensen zeiden, en over andere travestieten en transsexuelen deed hij lelijk, dus wat doet hij nou voor baanbrekends? Iedereen vond het best dat hij als vrouw kwam, maar hij

lulde zich vast, hij maakte een karikatuur van de vrouw.'

Ach, laat hem toch zijnen goesting doen!

Wat is het dat de anderen hindert? Dat wat iedereen herkent en veracht: ijdelheid. Toch is het niet alleen ijdelheid die hem naar de spiegel lokt. Het is ook de vrouw die hij ziet en die hij direct bij de hand heeft.

Hij zegt: 'Ik wil als vrouw tussen vrouwen.'

'En dan kies je ook nog vrouwen die liever een werkster dan kinderen hebben,' zeg ik.

'Ja, nou ja, ik ben toch ook geen echte vrouw.'

'Waar is je ruggegraat? Ik zou je wel eens door mekaar willen rammelen.'

Er was een bijeenkomst ter gelegenheid van het honderdduizendste verkochte exemplaar van de vertaling van Benoîte Groults *Zout op mijn huid*. De schrijfster was zelf aanwezig, een kleine, tengere gestalte in een geruit jasje, witte blouse, donkere broek, rode platte veterschoentjes. Maarten was gevraagd als Maartje te komen, en toen na het puntige interview dat Groult gaf, de borrel begon, dartelde hij van de ene naar de andere vrouw. Ook de vrouwen die hij minacht, bleken de wezens bij wie hij wilde horen.

'Hij is zo'n thrillerseeker,' zei een van hen.

'Ik weet alles van travestieten,' zei een tweede, 'ik ging vroeger met ze om en heb er een studie over gemaakt.'

En een derde: 'Hij groet me altijd, maar laatst, toen ik een heel mooie jurk aan had, wou hij me niet zien en ik zag wel waarom: hij was jaloers.'

Hij vraagt aandacht, hij krijgt aandacht. En iedereen, inclusief zijn eigen vriendelijke Doeschka en de grommende Kippie Biesheuvel, heeft gelijk.

Hij zegt me: 'Ik ben jaloers op jou, omdat jij zomaar naar buiten kunt zonder dat iemand je uitlacht.'

'Hetzelfde geldt voor jou.'

'Maar niet als ik als vrouw ga.'

En dan begint het weer van voren af aan, want er is geen man of vrouw, homo of hetero, die het 'gewoon' vindt. Hij verwart ze allemaal ergens, min of meer ergens in hun sex.

Is het de chemie van het brein? Hormonen die dicteren, boodschappen doorseinen: waarom niet? Het ligt er maar aan of je een ongewone boodschap als een afwijking of een extra beschouwt.

Er is geen onderwerp of het is bespottelijk te maken. En ach, wie is geen vat vol tegenstrijdigheden? Maarten zelf – man, vrouw, laf, dapper, nu eens grauw als een sintel, dan weer puur als een parel – toont het duidelijker dan menigeen, en maakt het de anderen dan ook makkelijker te oordelen.

Ik kijk er niet van op wanneer hij me zijn blauwe pakje wil meegeven omdat hij het naar de literaire middag in Breda wil dragen. Ik haal het thuis uit de tas, hang het op en vergeet het verder. Wel valt me op dat er zand aan de hakken van de pumps zit en ik zie voor me hoe hij ermee in het pad bij zijn huis zakt.

Op de bewuste dag komt hij aan met twee grote plastic tassen waarop staat: *Expres Leder*. Nieuwe lange laarzen heeft hij gekocht, en een wijde beige suèderok. Hij verkleedt zich zo snel hij kan en zegt glunderend: 'O, ik had zo'n ontzettende zin om dit aan te hebben.'

Ook dat verbaast me niet. Hem vaker 'zo' zien werkt in zijn voordeel.

In Breda duurt het even voor de deuren van het theater opengaan. In de donkere, sterk naar as ruikende foyer is de monteur nog bezig met het aanleggen van de geluidsinstallatie.

'We hebben iets gemeen,' zegt hij op samenzweerderige toon tegen Maarten.

'O ja?'

'Mijn vader was ook doodgraver.'

De vragen van het publiek zijn voor een deel weer ver-
wijtend. Na een paar vragen over zijn wispelturige gedrag
ten opzichte van het feminisme, zegt een vrouw: 'U
draagt alleen de lusten en niet de lasten van het vrouw-
zijn. Denk maar eens aan menstruatie.'

'Ik wil best maandverband kopen hoor,' zegt hij, 'dan
bedenk ik wel wat ik ermee kan doen.'

'Volgens mij,' zegt een vrouw zalvend, 'zit het meer
van binnen dan van buiten.' Ze probeert uit te leggen hoe
dat volgens haar zit, en er begint een sfeer te hangen van
een ouderwetse NVSH-bijeenkomst. Maar dan gaat een
hoogbejaarde vrouw, met een groene jurk en een bruin
hoedje, staan en roept: 'God heeft de vrouw geschapen
om de man te gehoorzamen! Ik ben zelf gereformeerd opgevoed en ik heb jaren een studie gedaan, een studie over
God. Ik heb gesproken met katholieken, islamieten en
jehova's, dus ik kan zeggen: er is één God.'

'Dat is geen vraag,' zegt Maarten.

'Daarom blijf ik erbij dat de vrouw gehoorzaam moet
zijn aan de man!'

Na afloop komt een man, met tranen in de ogen, be-
danken.

'Hij is net zo,' zegt zijn echtgenote.

Een vrouw geeft een aai over Maartens rug en zegt: 'Ik
zie aan je rug dat je een man bent.'

Een vrouw buigt zich naar hem toe en zegt: 'Als u maar
van Bach blijft houden.'

'Hanneke weet wel dat we naar Breda waren, maar niet
dat ik als dame was. Ik had vanmorgen vroeg die tassen al
in de struiken verstopt. En als ik thuiskom, zie ik wel
hoe ik ze naar binnen werk. In de garage staat ook nog
een karretje waar ik het in kan stoppen, daar kijkt ze niet
in.'

'Je doet of ze een boeman is, wat absoluut niet het geval is.'

'Nee, ze is juist zo lief, bij haar zit nou niets rots. Maar ja... Ik heb ook verteld over die tv-show waar ik voor gevraagd ben. Ze vindt het niet leuk. Nee, heus, ik probeerde het heel voorzichtig. Ik zei eerst dat ik twee aanbiedingen had gehad.'

'Het gerucht gaat dat je als hoofdredactrice van *Opzij* bent gevraagd.'

'*Opzij*? Ik?' Hij lacht zijn hoge, aanstekelijke lach. 'Nee, het was iets anders. De directeur van de openbare bibliotheek in Amsterdam bood aan dat ik een dag per week als bibliothecaresse zou komen werken. Ja, daar moest Hanneke, die zelf immers bibliothecaresse is, ook wel om lachen. Maar toen moest ik met het andere voor de dag komen en dat ging mis. Toen ik zei dat het plan eruit bestond dat ik als dame die interviews zou doen, zei ze dat ze het trouwboekje zou verbranden... Dat is eigenlijk geestig als ze dat zo zegt, maar ze moest ook huilen en had het over op een flatje gaan wonen... Ik heb echt geprobeerd duidelijk te maken dat het misschien dè oplossing is. Van het geld dat ik ermee verdien, zal ik een betere verwarming voor het huis kopen, heb ik zelfs gezegd, maar niets hielp. Nou ja, misschien bedenkt ze zich nog. Ik ben er zelf ook nog niet helemaal uit... Ik wil niet zo'n televisieheld zijn die boeken schrijft.'

'Die doen toch eerst televisie, en dan boeken.'

'Ja, dat is waar. Maar toch, televisiehelden zou verboden moeten worden boeken te schrijven.'

'Misschien zou je het de ene keer als man, de andere keer als vrouw kunnen doen.'

'Maar als Hanneke erbij blijft en ik moet kiezen... ik heb er al over nagedacht, dan kies ik toch voor haar. Maar ja, dit... terwijl zij al twintig jaar een broek draagt.'

'Hou op, Maarten, ze wil geen man zijn.'

'Nee.'

'En jij ook niet?'

'Nee. Nou ja...'

'Is het een nachtmerrie voor je als je je voorstelt dat ze 'm er in je slaap af zouden halen?'

'Nee.'

'Wat?'

'Nee hoor. Ik zie wel op tegen de last met plassen. Het is bekend dat dat aanvankelijk veel pijn doet, en ik kan vreselijke aandrang hebben tot plassen. Daarom alleen al zal ik 'm er niet af laten halen.'

'Ik dacht dat je er ook wel eens plezier van had.'

'Met de dierenarts hoefde ik niet te neuken. Ze gaf zich er niet aan over en dan is er eigenlijk niets aan. Voor mij was het ook niet het belangrijkste. Haar geur, haar zoenen zeiden me veel meer.'

'Zo kunnen vrouwen soms praten: strelen, zoenen, handje vasthouden, ik geloof er niets van. Waarom is de aardbol anders zo vol genaaid? Heb je dan nooit meegemaakt dat je er niet genoeg van kon krijgen?'

'O jawel. Niet bij de dierenarts dus. Het punt was dat ze op een gegeven moment ook niet meer wilde zoenen. Met een vertaalster heb ik het gehad. Ik wachtte op haar in de hal van een hotel. Als ornament stond er een jockeystoeltje waar ze jockeys op wegen, en ik ging erop zitten. Ze kwam binnen, ik dacht: hadden ze geen mooiere kunnen sturen? Ze vroeg of ze me mocht wegen. Ja, zei ik, dat is goed. Toen woog ik ook haar. Na een paar dagen kwam het ervan en het was ongelooflijk, voor allebei. Ze was getrouwd, had drie kinderen en een heel aardige man die deed of hij niks merkte... Hoewel ik hem een keer voor zijn zoontje een knoop in een touw zag leggen, zo'n lus werd het waaraan je iemand ophangt, en toen zei hij dat dat een Maarten 't Hartknoop was... We vielen af van zoveel hartstocht... Nee, we zien elkaar niet meer, ik wou Nederland niet uit. Die liefde was groter dan voor de dierenarts.'

'Als dat allemaal waar is, begrijp ik niet waarom je jezelf net zo makkelijk zonder ziet.'

'Ik zal toch maar een man blijven.'

'Al draag je de laatste tijd wel vaak die groene trui.'

'Hij staat ook goed op deze nieuwe rok... Ik moet je nog wat vertellen, iets wat me op koopavond is overkomen. Ik liep als dame door de drukke Haarlemmerstraat in Leiden. Niemand merkte het. Maar wat blijkt halverwege? Ik had mijn bh met bustes vergeten! In een steegje heb ik toen gekeken of ik nog wat kon doen met die trui, optrekken, wat dan ook. Het is me nog nooit eerder overkomen. Wat is er mis met me? Ik begrijp er nog steeds niets van.'

Bij de brandweer

Daar gaan ze, verspreid tussen de mensen op het Plein en de Vijverberg: de spuitgasten met hun zwarte petten en pakken. En allemaal gaan ze, net als wij, door de poort van het Binnenhof.

Er wordt een gevel gereinigd. We lopen om een machine en een verrijdbare steiger heen en gaan een zijingang binnen. In de garderobe ziet het niet alleen voor de balie zwart van de brandweermannen, maar ook erachter, waar hun jassen en petten hangen. Maarten heeft zowaar een pak aan, al is het van een wat merkwaardige zwart-witte tricot, en hij draagt een wit overhemd en een zwarte, ribbelige stropdas. Zijn schoenen zijn de zwarte jongensschoenen met de ronde neuzen die voor de gelegenheid zijn gepoetst. Op een ontroerende manier staat het hem wel.

Geen mens vraagt ons naar de toegangskaarten wanneer we de Ridderzaal binnengaan, die voor de grootste helft al is gevuld door de mannen in hun 'dagelijks tenue met batons'. De stoelen van de voorste rijen zijn op naam gereserveerd. Moeten we zelf zoeken? Maar daar is de heer K. die ons persoonlijk onze stoelen wijst op de tweede rij van de linkervleugel, waar ook Peter van Straaten zit die Maartens verhaal *De vrijwillige brandweer* heeft geïllustreerd. Geen van beiden heeft het boekje gezien, zo strikt wordt het aanbieden van het eerste exemplaar aan de koningin kennelijk beschouwd.

We zitten, we wachten. In de zaal klinkt een beschaafd geroezemoes dat klokslag halfdrie binnen enkele tellen verstomt. Iedereen gaat staan en de koningin komt door het middenpad met haar gevolg en strijkt neer op de voorste rij van de rechtervleugel.

Mr. J.J.H. Pop heet Hare Majesteit, de jubilerenden en de overige aanwezigen welkom en geeft het woord aan Ien Dales. Ze stapt achter het katheder waarop de letters KNBV staan.

'De brandweer is in beweging,' zegt ze, 'maar het beeld van de brandweer niet zo.'

Kijkend naar haar struise gestalte, kan ik niet helpen dat ik denk: dat is er ook een. Ik sta op het punt het Maarten toe te fluisteren, maar bedenk me; niet omdat het melig is, maar omdat de kans groot is dat hij gaat lachen.

Mevrouw Dales verspreekt zich en heeft het over de KNVB. De zaal lacht.

'Dat krijg je als er nog meer onder je portefeuille valt,' zegt ze.

Na haar is het woord aan Ed Nypels. Zijn toespraak is een uiteenzetting over rampen in de wereld en het algemeen nut van de brandweer. Buiten wordt plotseling een persluchtmachine gestart en begint men de dichtstbijzijnde buitengevel met volle kracht te zandstralen. Nypels gaat rustig door met zijn verhaal. Ik ben niet de enige die moet lachen, maar te horen valt er van deze kleine geluiden niets, zo overdonderend is het gebrul buiten. Hoe lang duurt het: een halve minuut? een volle minuut? Van het ene op het andere moment keert de rust bijna verpletterend weer, al is Nypels nog niet aan het eind van de rampen en het nut.

'Tot slot,' zegt hij uiteindelijk, 'een korte samenvatting. Punt één...'

Na zeven punten is het verhaal dan toch ten einde en kan de première van een video over de brandweer op groot scherm worden vertoond. Beelden van brandende gebouwen en andere schades, uitrukkend materieel, gezichten van spuitgasten (twee maal zet er een de kap af en blijkt een vrouw te zijn), en uitspraken waaruit op de eerste plaats blijkt dat je brandweerman of -vrouw wordt om de medemens te helpen.

De slottoespraak is voor Mr. Pop. Hij kondigt het boekje aan, terwijl op het scherm de tekeningen van Peter worden geprojecteerd.

'Twee brandweerlieden zullen het eerste exemplaar aan Hare Majesteit aanbieden,' zegt Mr. Pop.

Een paar fotografen schieten naar voren.

'Zijn dat ze?' roept iemand.

Hierna lopen onder gelach en applaus een ouderwetse en een eigentijdse brandweerman over het middenpad. Ze overhandigen het boekje en Beatrix pakt het, vertraagd genoeg om de fotografen de kans te geven het vast te leggen, aan.

Mr. Pop zegt: 'Willen de rechtervleugel en de eerste vier rijen van de linkervleugel volgen naar de Rolzaal? Voor de overige aanwezigen wordt de receptie in de Kelderzaal gehouden.'

'Hoorde je dat?' zeg ik tegen Maarten.

'Ja,' zegt hij, 'en dan zeggen ze nog dat er geen rangen en standen zijn in Nederland.'

'De hapjes zijn dezelfde,' zegt een brandweercommandant achter ons.

In de Rolzaal staan de glazen klaar, gevuld met een mengsel van champagne en oranjebitter, en een blaadje mint. Op de rand kleeft een laagje suiker en ik zie al snel op een enkele neus een korrel, of een hand die over de neuspunt veegt. Gevulde eieren, tomaten, fijne rose en bleke hapjes gaan rond.

Maarten stelt me voor aan de heer Van Es, burgemeester van Maassluis en secretaris van de KNBV.

'Was u al eens in Maassluis?' vraagt hij.

'Een paar weken geleden,' zeg ik. 'Ik heb er onder andere door de Goudsteen gelopen.'

'Er zijn er daar heel wat te water geraakt,' zegt hij.

Een functionaris meldt dat we aan de koningin zullen
worden voorgesteld.

'Ik niet,' zeg ik tegen Maarten, 'ik heb niks met dat
boekje noch de brandweer te maken.'

'Ja, jij ook,' zegt hij.

'Ik zal wel een foto van je maken.'

'Ja, dat is leuk.'

Langzaam maar zeker wordt Beatrix, geflankeerd door
een hofdame, tussen de gasten door geloodst, terwijl ze
kans blijft zien her en der het woord tot iemand te rich-
ten. Ze draagt een zwarte jurk met kleurige noppen, een
zwart fluwelen hoedje en kousen met zwarte stipjes. De
hofdame is in het lang en draagt een hoed met een brede
rand en lange handschoenen. Ik haal het cameraatje uit
mijn zak en stel de afstand en de flits in.

Plotseling staat ze voor me. De functionaris noemt
mijn naam en ik berg snel het cameraatje in mijn linkerhand. Ze kijkt recht in mijn ogen en geeft glimlachend
een hand, en ik zeg: 'Hoe maakt u het?'

Wanneer ze Peter een hand geeft, doe ik een stap opzij,
haal het cameraatje weer te voorschijn en breng
het – vreselijk, maar het is zo gedaan – naar mijn oog. De
lens geeft alleen Maarten en Peter in beeld. Ik doe nog
een stap achteruit.

'Ach, laat u mij dat even doen,' zegt een heer in driede-
lig kostuum. 'Ik sta er precies goed voor.'

Ik geef hem het toestel.

'Kijkt u even in de lens,' zegt hij, en voor ik kan zeggen
dat het om Maarten gaat, heeft hij al geflitst. Ik bedank

hem en wil het cameraatje snel weer in mijn zak steken, wanneer een breed gebouwde jongeman naast me opduikt en zijn hand op mijn arm legt.

'Toch niet voor *Story* of *Privé?*' zegt hij streng.

'Niets daarvan!' zegt burgemeester Van Es tegen hem. 'Die foto is voor de mensen zelf.'

De man van de BVD is al weg.

'Wat een mooie naam hè, "Goudsteen"?' zegt de burgemeester.

'Een mooie naam,' beaam ik.

'Maarten heeft veel over Maassluis geschreven,' zegt hij. 'Hij heeft ook de erepenning van de stad gekregen.'

Terwijl de burgemeester over zijn stad vertelt, hoor ik Maarten tegen Beatrix praten, ik hoor althans zijn stem. Ze zegt iets terug, geamuseerd, maar ik vang maar twee woorden op: 'Lage Vuursche'.

'Zou je hier ook mogen roken van de brandweer?' vraagt de burgemeester.

'Er staan asbakjes,' zegt Peter van Straaten.

'En die zijn voor peuken,' zegt de burgemeester en steekt op.

Vlakbij zie ik de hofdame alleen staan, de ene gehandschoende hand om het boekje, de andere om haar glas. En wanneer Maarten zich bij ons voegt en met de burgemeester begint te praten, ga ik op haar af.

'Leuk u te ontmoeten,' zegt ze. 'Heeft u alles wat u schrijft zelf ervaren?'

Vanuit dit perspectief ontwikkelt zich een gesprek dat moeiteloos van het een op het ander springt, zodat het ook eenvoudig is op te merken dat Maarten hier graag als dame had willen zijn.

'Je moet nooit iets vragen, maar doen,' zegt ze resoluut.

'Wat zou de koningin ervan gevonden hebben?'

'Zij?' zegt ze en denkt twee seconden. 'In kunstenaarskringen is dat geen punt. Maar hier? Nee. Zoals hij nu is,

zo kennen wij hem tenslotte uit zijn boeken. Het zou nergens op slaan. Het was niet eens bekend dat er zou worden voorgesteld.'

'Aanvankelijk lag het in de bedoeling dat hij het eerste exemplaar zou aanbieden.'

'O, daar weet ik niet van. Maar zoals het nu is gegaan, is het toch beter. Hij zou de aandacht hebben getrokken, terwijl de aandacht voor de brandweer moet zijn... Als wij nou bij u of bij hem op bezoek willen komen en er zou een andere persoon zijn die veel opvallender aanwezig was, dan zou dat toch niet juist zijn? Zo gaat het namelijk ook bij relletjes. Die komen in de krant en het overige lijkt er dan niet meer toe te doen. Dus zoals het nu is, is het goed.'

Het zwart in de garderobe slinkt. De brandweermannen zetten hun pet op en krijgen, als iedereen, een katoenen tasje vol papier mee naar huis. Het boekje *De vrijwillige brandweer* zit erin, een aantal brochures van de sponsors, een prospectus over de nieuwste types brandweerwagens, zoals de Tankautospuit, de Schuimbluswagen en het Bosbrandweervoertuig, een schrijfblok, een restaurantgids en een klassieke cd. Niet met Händels *Watermusic* of *Firework music*, de hellekoren van Berlioz' *Faust*, of de aria uit *Il Trovatore*: 'Stride la Vampa' (de vlam loeide), maar met muziekstukken als de *Don Quichotte-suite*, *Ländliche Serenade*, *Quit City* en Mozarts *Requiem*.

Ik houd het boekje in mijn handen als we naar buiten lopen. Het is voorbeeldig uitgevoerd. Elk hoofdstukje heeft een kapitale beginletter op een zwart vlakje met vier rode puntjes, en de flappen van het omslag zijn aan de rand als het ware afgescheurd en vuurrood gekleurd, alsof ze gloeien.

Ik zeg: 'Wat had Beatrix met Lage Vuursche?'

'O, ik vertelde haar in het kort de inhoud van het boek-je. Dat mijn vader bij de vrijwillige brandweer zat en dat er, omdat er bijna nooit brand uitbrak, op nieuwjaarsdag een zogenaamde aansteekploeg werd aangewezen. Die diende dan in dat jaar voor branden te zorgen. Dat was een keertje helemaal fout gegaan omdat de eigen winkel van een van de mannen van de aansteekploeg in vlam-men opging. Een tijdje later zeiden ze toen tegen hem dat het nobel was dat hij zijn taak zo serieus had opgevat, maar dat zo'n opoffering nou ook weer niet nodig was ge-weest. Beatrix zei toen dat ze een keer een bezoek bracht aan Lage Vuursche, waar misschien ook maar tweehon-derdvijftig mensen wonen dus nooit iets in de fik gaat. Ze zei dat daar ook een aansteekploeg bestond.'

'Op Lage Vuursche; zou ze een mop verzonnen heb-ben? Loop eens wat minder vlug… Ik lees hier dat je va-der zijn uniform zo graag aantrok dat hij er wel eens mee aan tafel ging zitten. "Goud op de pet, goud op de schou-ders, goud op de mouwen en gouden knopen. Als hij maar even de kans kreeg, droeg mijn vader het." Je hebt het niet van een vreemde.'

'Als je het zo ziet niet, nee.'

'Vond je het nou erg jammer om er niet als dame te staan?'

'Toen ik daar zo stond, och, toen dacht ik er eigenlijk geen moment aan.'

'Zou je die dame dan ook niet in het geheim kunnen zijn?'

'Zonder de nodige kleren? Dat zou wel mooi zijn, maar ja… Hoewel ik moet zeggen dat me ook wel eens over-komt dat ik me heb verkleed en het helemaal niet voel, terwijl ik het dan wèl kan voelen als ik als man ben. Dus ja, het zit er dan wel.'

'Ik lees dat je vader wel eens een grap maakte. Of hij die nu bedacht heeft, of jij…' En terwijl we langzaam verder lopen, lees ik hardop: '"Toch kwam men te spreken over koeien en stieren en de brandweercommandant die de zaak inleidde, liet ook het woord 'os' vallen. Toen zei hij, wijzend op mijn vader: 'Ik geloof dat ik daar iemand zie zitten van boerenafkomst; kunt u de zaal misschien vertellen wat een os is?' Mijn vader beklom het podium en zei: 'Een os is een stier die ze z'n rijbewijs hebben afgenomen.'" Dat schreef jij op.'

'Z'n rijbewijs afgenomen, haha, ja, mijn vader kon geestig zijn... Hij zou trouwens wat trots zijn geweest als hij had geweten dat ik de koningin had gesproken.'

'Van het prinsje in de Goudsteen tot de koningin in de Rolzaal, en de cirkel is rond.'

'En de cirkel is rond... Ik zal de uitstapjes missen.'

'Ik ook, maar ik snak er ondertussen ook naar zelf een verhaal te bedenken.'

'Fictie geeft meer ruimte, dat is een ding dat zeker is.'

'Al is het leven soms net een sprookje, nietwaar.'

'Een sprookje, absoluut.'

'Maar het was allemaal waar.'

'Het was allemaal echt waar.'